古書之韵

宋刊古文苑

［宋］章樵 注

中國書店

圖書在版編目（CIP）數據

宋刊古文苑 /（宋）章樵注. — 北京 ：中國書店，
2021.5

（古書之韵叢書）

ISBN 978-7-5149-2761-0

Ⅰ. ①宋… Ⅱ. ①章… Ⅲ. ①中國文學－古典文學－
作品綜合集 Ⅳ. ①I212.01

中國版本圖書館CIP數據核字(2021)第024103號

宋刊古文苑

[宋] 章樵　注

責任編輯：劉深

出版發行：中國書店
地　　址：北京市西城區琉璃廠東街115號
郵　　編：100050
印　　刷：藝堂印刷（天津）有限公司
開　　本：787毫米×1092毫米　1/16
版　　次：2021年5月第1版　2021年5月第1次印刷
印　　張：21
書　　號：ISBN 978-7-5149-2761-0
定　　價：135.00元

内容提要

《古文苑》，九卷，編者不詳。宋刻本。

此書的編纂過程及年代，據卷九韓元吉後記：『世傳孫巨源于佛寺經龕中得唐人所藏古文一編，莫知誰氏録也，皆史傳所不載，《文選》所未取。而間見于諸集及樂府，好事者因以《古文苑》目之。今次爲九卷，可類觀。』即此書乃根據孫巨源從某佛寺經龕中獲得的唐人所藏舊帙整理刊刻而成。孫洙（一〇三一—一〇七九），字巨源，廣陵（今江蘇揚州市）人，宋仁宗皇祐元年（一〇四九）進士，官至翰林學士。韓元吉（一一一八—一一八七），字無咎，號南澗、南澗翁、南澗居士，許昌（今河南許昌市）人，紹興間（一一三一—一一六二）歷官南劍州主簿、建安令，後遷守劍州，孝宗朝累官吏部尚書、龍圖閣學士，乾道九年（一一七三），韓元吉除吏部尚書，淳熙元年（一一七四）因遭劾以待制出知婺州，同年十二月又改知福建建寧府，淳熙三年（一一七六）復爲吏部尚書，淳熙五年（一一七八），元吉力請外任，以龍圖閣學士身份再知婺州，并于淳熙七年

（一一八〇）致仕。

是書爲唐人所編的説法到清代仍是主流，四庫館臣雖稱其文獻來源『真僞蓋莫得而明也』，但直到清代學者顧廣圻才明確提出此書的編纂實出宋人之手。又有當代學者通過文本考證的方法，得出此書成書年代的上限爲北宋中期，晚至南宋初年，且考證出所收詩文的來源并非歷來普遍認同的唐人類書，而主要是當時存世的各家别集等，編纂者也非孫洙或韓元吉，而是另有其人，可備一説。

全書六册，半頁十行十八字，白口，左右雙邊，卷二第二十一頁、二十二頁爲抄配。版心中鎸卷數曰『古文苑某』，下魚尾下方鎸頁數，版心下有字數及刻工姓名。書分九卷，收録文、賦、詩、歌、曲、敕、啓、狀、書、對、頌、述、贊、銘、箴、雜文、叙、記、碑、誄，共有自先秦至齊梁間的八十五位作家的二百六十餘篇作品。此書作爲兩宋間出現的先唐文學總集，留存了大量已經散佚不存的總集、别集、史傳中所不載的漢魏六朝文學文獻，具有很高的文獻價值。

關于此書的確切版本，李致忠先生從避諱、刻工、歷代著録情况等方面進行了考證，他認爲，此書于北宋帝諱迴避不甚嚴謹，較爲隨意，乃南宋刻書常有的現象，書中『覯』『遘』『構』三字避高宗諱均缺筆，『慎』字避孝宗諱亦缺末筆，然而刻工『金敦』的名字多次出現且未避光宗諱，故此書刊刻必在南宋孝宗朝之後、光宗朝之前；此書中出現的刻工所刻書多在南宋紹興至淳熙年間（一一三一—一一八九），故此書刊刻時間也當相近，由此可以確定此書刊刻當在南宋孝宗年間；據陳振孫《直齋書録解題》卷十五著録此書『韓無咎類次爲九卷，刻之婺州』，且曾爲當時婺州書商唐仲友刻書的許多刻工的名字，如徐通、徐逵、李忠，在《古文苑》上亦可見，即此書刻于婺州當信而不誣；卷九韓元吉後記落款爲淳熙六年，此年韓元吉知婺州，後記中亦有『惟訛舛謬缺者多，不敢是正而補之，蓋傳疑也』等傳刻此書之言。綜合上述證據，李致忠認爲此書乃宋淳熙六年韓元吉婺州刻本，當是合理的結論。

宋淳熙六年韓元吉婺州刻九卷本爲現存最早的《古文苑》版本，是《古文苑》諸本母本。九卷本《古文苑》在南宋後幾近不傳，直到清嘉慶十四年（一八〇九）由孫星衍、顧廣圻重刻，收入《岱南閣叢書》中，清光緒五年（一八七九）由飛青閣翻刻。除九卷本外，還有十卷本、二十一卷本。十卷本見鄭樵《通志》記載，已不傳。二十一卷本爲南宋紹定五年（一二三二）章樵在韓元吉九卷本的基礎上增訂、校註而成，于南宋端平三年（一二三六）刊刻成書，明清歷代多有刊刻，也是長期以來較爲流行的版本。

此書鈐有『華亭朱氏珍藏』『武陵』『顧晋之印』『顧氏九錫』『青宫侍從之章』『顧氏從德』『楝亭曹氏藏書』『雲間喬氏圖書』『旅溪後樂園得閑堂印』『元康』『五福五代堂寶』『八徵耄念之寶』『太上皇帝之寶』『乾隆御覽之寶』『天禄繼鑒』『天禄琳瑯』。可知，此書原爲明朱大韶家藏，明末清初經顧從德、顧九錫手，入清爲曹寅所藏，後入藏清宫天禄琳琅，今藏中國國家圖書館。

中國國家圖書館　王俊雙

二〇一九年八月二十日

目録

古文苑目録　一
古文苑卷第一　二三
文　二三
石鼓文　二三
詛楚文　二六
秦二世嶧山刻石文　二八
魏敬侯碑陰文　二九
賦　三一
笛賦　三一
大言賦　三四
小言賦　三五
諷賦　三七
釣賦　三九
舞賦　四二
旱雲賦　四四
虛賦　四六
士不遇賦　四七

梁王菟園賦 四九
美人賦 五二

古文苑卷第二

賦

屏風賦 五七
又屏風賦 五七
擣素賦 五七
請雨華山賦 五八
逐貧賦 五八
太玄賦 六一
蜀都賦 六三
甘泉宫賦 六六
遂初賦 六八
首陽山賦 七六
竹扇賦 七七
琴賦 八四

九宮賦　八六
針縷賦　九〇
圍棋賦　九〇
骷髏賦　九三
冢賦　九五
函谷關賦　九六
大赦賦　九九

古文苑卷第三　一〇一

賦　一〇一

夢賦　一〇一
王孫賦　一〇四
漢津賦　一〇六
短人賦　一〇七
青衣賦　一〇八
筆賦　一〇九
協和婚賦　一一〇

琴賦 一一一
胡栗賦 一一二
柳賦 一一三
述行賦 一一三
彈棋賦 一一四
温泉賦 一一四
誚青衣賦 一一五
羽獵賦 一一七
觀舞賦 一一八
終南山賦 一二〇
浮淮賦 一二一
又浮淮賦 一二二
述行賦 一二三
大暑賦 一二三
又大暑賦 一二四
又羽獵賦 一二五
靈河賦 一二五

白髮賦　一二六
游後園賦　一二八
枯樹賦　一二九

古文苑卷第四　一三三

詩　一三三
柏梁詩　一三三
古梁父吟　一三四
録別詩　一三五
答詩　一三八
別李陵　一三九
臨終詩　一三九
離合作郡姓名詩　一四〇
六言詩三首　一四〇
雜詩二首　一四一
木蘭詩　一四二
嘲熱客　一四四

齊梁詩四十五篇 一四五
侍游西方山應詔 一四五
游仙詩 一四五
奉和南海王殿下咏秋胡妻 一四七
栖玄寺聽講畢游郊園 一五〇
別蕭咨議 一五〇
王廷 一五〇
宗記室史 一五一
蕭咨議衍 一五一
蕭記室深前夜以醉乖例今晝由酲敬應教 一五二
別蕭咨議又一首 一五二
和王友古意二首 一五三
餞謝文學離夜 一五三
沈率約 一五四
虞駕部 一五四
范通直雲 一五四
謝文學 一五五

王中書　一五五
蕭記室　一五六
寒晚敬和何徵君點　一五六
別王丞僧　一五七
學古貽王中書　一五七
雜體報范通直　一五八
賦物爲咏得慢　一五八
琵琶　一五九
篪　一五九
奉和月下　一五九
奉和秋夜長　一六〇
四色咏　一六〇
奉和纖纖　一六〇
奉和代徐　一六〇
并代徐　一六一
咏梧桐　一六一
和王中書劉中書　一六一

阻雪連句增遥和　一六二
江秀才革　一六二
歌　一六二
淋池歌　一六二
黄鵠歌　一六三
招商歌　一六三
曲　一六三
落葉哀蟬曲　一六四

古文苑卷第五　一六五

敕　一六五
漢高祖手敕太子　一六五
啓　一六六
晉明帝啓元帝　一六六
狀　一六七
掾臣條屬臣准書佐臣謀弘農太守上祠西岳乞
差一縣賦發復華下十里以内民租田口算狀　一六七

書
詣丞相公孫弘記室書　一六九
答劉歆書　一六九
遺令書四首　一七二
曹公與楊太尉書論刑楊修　一七七
楊太尉答曹公書　一八二
曹公卞夫人與楊太尉夫人袁氏書　一八三
楊太尉夫人袁氏答書　一八四
對　一八五
郊祀對　一八六
雨雹對　一八六
對事　一八九
一九五
古文苑卷第六　一九九
頌　一九九
山川頌　一九九
車騎將軍竇北征頌　二〇一

東巡頌 二〇四
天子冠頌 二〇五
又東巡頌 二〇六
南巡頌 二〇六
太廟頌 二〇六
述 二〇七
魏受命述 二〇七
贊 二一一
焦君贊 二一一
尼父贊 二一一
正考父贊 二一一
銘 二一二
高祖沛泗水亭碑銘 二一二
十八侯銘 二一三
車銘 二一九
仲山父鼎銘 二三〇
樽銘 二三一

襪銘　二三一
孟津銘　二三一
井銘　二三二
小車銘　二三二
漏刻銘　二三二
警枕銘　二三三
樽銘　二三三
延賓鐘銘　二三三

古文苑卷第七

箴　二三五
百官箴　二三五
冀州牧箴　二三五
兗州牧箴　二三六
青州牧箴　二三七
徐州牧箴　二三八
揚州牧箴　二三九

荆州牧箴　二三〇
豫州牧箴　二三一
益州牧箴　二三二
雍州牧箴　二三三
幽州牧箴　二三四
并州牧箴　二三四
交州牧箴　二三五
光禄勳箴　二三六
衛尉箴　二三七
太僕箴　二三八
廷尉箴　二三九
大鴻臚箴　二四〇
宗正箴　二四〇
大司農箴　二四一
少府箴　二四二
執金吾箴　二四三
將作大匠箴　二四四

太常箴 二四五
太尉箴 二四六
河南尹箴 二四六
尚書箴 二四七
博士箴 二四八
東觀箴 二四九
關都尉箴 二五〇
河隄謁者箴 二五〇
郡太守箴 二五一
北軍中候箴 二五二
侍中箴 二五三
司隸校尉箴 二五四
城門校尉箴 二五五
上林苑令箴 二五六
司空箴 二五六
司徒箴 二五七
大理箴 二五八

尚書箴 二五九
諫大夫箴 二六〇
古文苑卷第八 二六三
雜文 二六三
僮約 二六三
奕旨 二六七
篆勢 二七〇
青髯奴辭 二七一
九惟文 二七二
敘 二七三
董仲舒集敘 二七三
記 二七四
漢樊毅修西岳廟記 二七四
碑 二七八
河間相張平子碑 二七八
曹娥碑 二八〇

桐柏廟碑 二八二
九疑山碑 二八五

古文苑卷第九

碑

漢故中常侍騎都尉樊君之碑 二八七
漢金城郡太守殷君碑 二九〇
西岳華山亭碑 二九二
西岳華山堂闕碑 二九五
後漢鴻臚陳君碑 二九九

誄

元后誄 三〇四
北海王誄 三〇八
曹蒼舒誄 三〇九

五福五代堂寶

八徵耄念之寶

太上皇帝之寶

古文苑目録

第一卷

文

石鼓文

詛楚文

秦二世嶧山刻石文

魏敬侯碑陰文　聞人牟準

賦

笛賦　宋玉

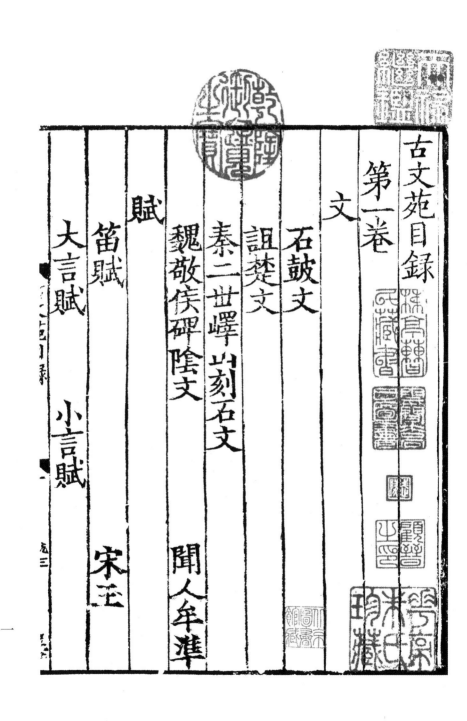

大言賦　小言賦

諷賦　釣賦

舞賦

旱雲賦　虡賦　賈誼

士不遇賦　董仲舒

梁王菟園賦　枚乘

美人賦　司馬相如

第二卷

賦

屏風賦　劉安

又屏風賦　羊勝

擣素賦　班婕妤
請雨華山賦　劉向
逐貧賦　太玄賦　揚雄
蜀都賦
甘泉宮賦　劉歆
遂初賦
首陽山賦　杜篤
竹扇賦　班固
琴賦　傅毅
九宮賦　黃香

鍼縷賦　曹大家
圍碁賦　馬融
髑髏賦　冢賦　張衡
函谷關賦　李尤
大赦賦　崔寔

第三卷

賦

夢賦　王孫賦　王延壽
漢津賦　蔡邕
短人賦　青衣賦

筆賦　恊和昏賦
琴賦　胡栗賦
柳賦　述行賦
彈棊賦　温泉賦
誚青衣賦　羽獵賦
觀舞賦　終南山賦
浮淮賦　魏文帝
又浮淮賦　王粲
述行賦　曹植
大暑賦　王粲

又大暑賦　劉楨
又羽獵賦　王粲
靈河賦　應瑒
白髮賦　左思
遊後園賦　謝朓
枯樹賦　庾信
第四卷
詩
栢梁詩
古梁父吟

錄別詩　李陵
答詩　別李陵　蘇武
臨終詩　孔融
離合作郡姓名詩　六言詩二首
雜詩二首
木蘭詩　嘲熱客
齊梁詩四十五篇
侍遊西方山應詔
遊仙詩
奉和南海王殿下詠秋胡妻

栖玄寺聽講畢遊郊園
别蕭諮議　任殿中昉
王延　宗記室史
蕭諮議衍
蕭記室深前夜以醉乖例今晝由醒敬
應教
别蕭諮議又一首
和王友古意二首
餞謝文學離夜
沈率約　虞騖部

范通直雲　謝文學
王中書　蕭記室
寒晚敬和何徵君點　劉中書
別王丞僧
學古貽王中書　范通直雲
雜體報范通直
賦物爲詠得幔　謝文學
琵琶　王中書
篪　沈右軍
奉和月下　奉和秋夜長

四色詠　奉和纖纖
奉和代徐　并代徐
詠梧桐
和王中書劉中書
阻雪連句遥贈和　謝文學朓
江秀才華

歌
淋池歌　漢昭帝
黄鵠歌　昭帝
招商歌　後漢靈帝

曲

落葉哀蟬曲　漢武帝

第五卷

勑

漢高祖手勑太子

啓

晉明帝啓元帝

狀

掾臣條屬臣準書佐臣謀弘農太守上

祠西岳乞差一縣賦發復華下十里以

內民租田口筭狀　樊毅

書

詣丞相公孫弘記室書　董仲舒
荅劉歆書　揚雄
遺令書四首　酈炎
曹公與楊太尉書論刑楊脩
楊太尉荅曹公書
曹公下夫人與楊太尉夫人袁氏書
楊太尉夫人袁氏荅書

對

郊祀對　董仲舒
雨雹對
對事　酈炎

第六卷

頌

山川頌　董仲舒
車騎將軍竇北征頌　班固
東巡頌　傅毅
天子冠頌　黄香
又東巡頌　蔡邕

南巡頌　王粲
太廟頌
述
魏受命述　邯鄲淳
贊
焦君贊　蔡邕
尼父贊　張超
正考父贊　王粲
銘
高祖沛泗水亭碑銘　班固

十八侯銘
車銘　馮衍
車左銘　傅毅
車右銘
車後銘
仲山父鼎銘
樽銘
襪銘
孟津銘　李尤
井銘　小車銘

漏刻銘
警枕銘　蔡邕
樽銘
延賓鍾銘　王粲

第七卷

箴

百官箴　楊雄
冀州牧箴　兗州牧箴
青州牧箴　徐州牧箴
揚州牧箴　荊州牧箴

豫州牧箴　益州牧箴
雍州牧箴　幽州牧箴
并州牧箴　交州牧箴
光禄勳箴　衛尉箴
太僕箴　廷尉箴
大鴻臚箴　宗正箴
大司農箴　少府箴
執金吾箴
将作大匠箴　崔駰
太常箴　太尉箴

河南尹箴
尚書箴　崔瑗
博士箴　東觀箴
關都尉箴　河隄謁者箴
郡太守箴　北軍中候箴
侍中箴　司隸校尉箴
城門校尉箴　楊雄
上林苑令箴　司空箴
司徒箴　大理箴
尚書箴　諫大夫箴

第八卷
雜文
僮約　王褒
奕旨　班固
篆勢　蔡邕
青鬚奴辭　黃香
九惟文　蔡邕
敘
董仲舒集敘
記

漢樊毅修西嶽廟記

碑

河間相張平子碑

曹娥碑　度尚

桐柏廟碑　王延壽

九疑山碑

第九卷

碑

漢故中常侍騎都尉樊君之碑

漢金城太守郡君碑　酈炎

西嶽華山亭碑　衛覬
西嶽華山堂闕碑　張昶
後漢鴻臚陳君碑　邯鄲淳
誄
元后誄　楊雄
北海王誄　傅毅
曹蒼舒誄　魏文帝

古文苑目錄

古文苑卷第一

文

石鼓文

避車既工避馬既同避車既好避馬既騂君子員員邋邋員斿麀鹿速速君子之求酋弓茲吕寺避毆其孫其來趩𧾩燢即避即時麀鹿趍趍毆其樸來射其來囱既避其豬蜀汧殹沔沔丞丞叚淖淵鰋鯉處之君子漁之澫澫又䲘其斿邀邀帛魚皪皪其蘯氏鮮黃帛其鮄又鮊又鱄其豆孔庶罝𦃃之鰻鰻田若切相如大人賦涇

迂𨔮𨔮其魚隹可隹鱮隹鯉可吕橐音瓢之隹楊

及栁

田車既安鋚勒馬衆既簡左驂旛旛右驂騝騝

避吕隮于原避我陣止世陆宫車其寫秀弓時

射麋豕孔庶麀鹿雉兎其又旃其趬囪大出各

亞昊執而勿射庶𨘋𨘋君子迺樂

鑾車㭙敕眞弓孔碩彤矢馬其寫六轡驁驁迂

駿孔庶鄜宣搏搏肖車載衎徒如章原溼陰射

之鈇迂陽趕六馬如虎獸麀如多賢迪禽避兎

允異

蔞蔞霝雨𣹟迄湧盈渫濟君子即涉馬𣹟汧殹

洎洎淒淒舫舟西逯自鄜徒馶湯湯隹舟㠯道

或陰或陽极深㠯尸于水一方勿止其奔其敔其叓

猷乍邍乍𧗟𨒌遖我𤔲除帥敀陴𢍏爲世里微𢧜

廼罟𣎴柞棫其𣏾格𥙊𥙊鳴亞箬其𦾔所𣕁𦦵

籃衛言對合孫

而師弓矢孔庶左驂滔滔是戴不具奪後具肝

來其寫矢具來樂天子來嗣王始古我來

敀走驕驕馬薦𦱑𦾔若微雉立其一之

避水𧗟既平既止嘉樹𠟭里天子永寍日維丙

申避其衡用馬既敕肅肅駕左驂驐驐駃駃扯
女不轙霸公謂天余及如周不余及
吳人㦫亟朝夕敬載西載北勿奄勿伏蚩而出
獻用大祝章埶盜逢迮孔闢鹿麀麋麋避其鹿
麀驓驓天求又是

詛楚文

有秦嗣王敢用吉玉宣璧使其宗祝邵鼛布忠篆文似作憨字又作愍字告于不顯大神巫咸以底楚王熊相之多辠昔我先君穆公及楚成王是繆力同心兩邦若壹絆以昏姻袗以齊盟曰葉萬子孫

毋相爲不利親即不顯大神巫咸而質焉今楚王熊相庸回無道淫邪甚亂宣侈競從變渝（石作輸）盟刺內之則暴虐不姑刑戮孕婦幽刺親戚拘圉其叔父寘諸冥室櫝棺之中外之則冒改人（篆文似作又字）心不畏皇天上帝及不顯大神巫咸之光列威神而兼倍十八世之詛盟率諸侯之兵以臨加我欲剗伐我社稷伐滅我百姓求蔑灋皇天上帝及不顯大神巫咸之卹祠圭玉羲牲遂取吾邊城新郢及鄔長親吾不敢曰可今又悉興其衆張矜意怒飾甲底兵奮士盛（篆文無此盛字）

師以偪吾邊境將欲復其貺迹唯是秦邦之羸衆敝賦鞹輸棧輿禮使介老將之以自救也亦應受皇天上帝及丕顯大神亞咸之（篆文無之字）幾靈德賜克劑楚師且復略我邊城敢數楚王熊相之倍盟犯詛著諸石章以盟大神之威神

秦二世嶧山刻石文

皇帝立國維初在昔嗣世稱王討伐亂逆威動四極武義直方戎臣奉詔經時不久滅六暴強二十有六年上薦高號孝道顯明既獻泰成乃降專惠親巡遠方登于嶧山群臣從者咸思攸

長追念亂世分土建邦以開爭理攻戰日作流血於野自泰古始世無萬數陁及五帝莫能禁止迺今皇帝壹家天下兵不復起災害滅除黔首康定利澤長久群臣誦略刻此樂石以著經紀皇帝曰金石刻盡始皇帝所爲也今襲號而金石刻辭不稱始皇帝其於久遠也如後嗣爲之者不稱成功盛德丞相臣斯臣去疾御史大夫臣德昧死言臣請具刻詔書金石刻因明白矣臣冒死請制曰可

魏敬侯碑陰文　聞人牟準

敬侯所葬之先域城惟解梁地即郇首山對靈
足谷當猗口勢高而趣幽形垣而背阜鑿室而
可以蔽藏不墳而所冀速朽珎琦素白而靡尚
衣服隨時而則有故吏述德於隧前門生紀言
於碑後曰季居亭而巳治詹嘉在主而可處高
攄之厚地將秭億而永久所著述渥解故訓及
文筆等甚多皆巳失墜所注孝經固而奢顗冢
碑大篆書在左馮翊利陽亭南道旁及華山下
亭碑增筭狀郃叔時碑魏大饗碑群臣上尊號
奏及受禪石表文並在許繁昌尊號奏鍾元常

書受禪表覬並金針錯一作八分書也太祖文帝等臨詔令雜駁議上封事一百餘條誡子等散在門人及碑石可見樹碑人郡國縣道姓名具如于後

賦

笛賦

宋玉

余嘗觀於衡山之陽見奇篠異幹罕節間枝之叢生也其處磅磄千仞絕谿凌阜隆崛萬丈盤石雙起丹水涌其左醴泉流其右其陰則積雪凝霜霧露生焉其東則朱天皓日素朝明焉其

南則盛夏清微（一作徹）春陽榮焉其西則涼風遊
旋吸逮存焉幹枝洞長桀出有良（一作有工焉）名高
師曠將爲陽春其北則郢白雪之曲假塗南國
至此山望其叢生見其異形曰命陪乘取其雄
焉宋意將送荆卿於易水之上得其雌焉於是
乃使王爾公輸之徒合妙意角較手遂以爲笛
於是天旋少陰白日西靡命嚴春使午子延長
頸奮玉手摛朱脣曜皓齒頳顏臻玉貌起吟清
商追流徵歌伐檀號孤（一作瓠）子發久轉舒積鬱
其爲幽也甚乎懷永抱絶喪夫天亡稚子纖悲

微痛毒離肌膓腠理激叫入青雲慷慨切窮士
度曲羊膓揆殃振奔逸遊泆志列絃節武毅發
沈憂結呵鷹揚叱太一聲遙遙以黯黯氣旁合
而爭出歌壯士之必往悲猛勇乎飄疾麥秀漸
兮鳥聲葦翼招伯奇於源一作涼陰追申子于晉
域夫奇曲雅樂所以禁淫也錦繡黼黻所以御
寒也縟則泰過是以檀卿刺鄭聲周人傷北里
也亂曰芳林皓幹有奇寶兮愽人通明樂斯道
兮般衍瀾漫終不老兮雙枝間麗貌甚好兮入
音和調成稟受兮善善不衰爲世保一作寶兮絕

鄭之遺離南楚兮羨風洋洋而暢茂兮嘉樂悠長俟賢士兮鹿鳴萋萋思我友兮安心隱志可長久兮

大言賦　宋玉

楚襄王與唐勒景差宋玉遊於陽雲之臺王曰能爲寡人大言者上座王因唏曰操是太阿剝一作戮一世流血冲天車不可以厲至唐勒曰壯士憤一作頓兮絶天維北斗戾兮太山夷至景差曰校士猛毅皐陶嘻大笑至兮摧覆思一作罘罳鋸牙雲晞甚大吐舌萬里唾一世至宋玉曰方地爲

車圓天爲蓋長劒耿耿（一作耿介）倚天外（一作外之）王曰未也玉曰并吞四夷飲枯河海跋越九州無所容止身大四塞愁不可長據此跆天迫不得仰（得一作能）

小言賦　宋玉

楚襄王既登陽雲之臺令（一作命）諸大夫景差唐勒宋玉等並造（一作進）大言賦賦畢（一作卒）而宋玉受賞王曰此賦之迂（一無之字）誕則極巨偉矣抑未備也且一陰一陽道之所貴小往大來剝復之類也是故卑高相配而天地位三光並照則小

大備能大而不能小（一無此句）能高而不能下非兼通也能麤而不能細非妙工也然則上坐者未足明賞賢人有能爲小言賦者賜之雲夢之田景差曰載氛埃兮乘剽塵體輕蚊翼形微蚤鱗聿（一作建）遑（一作星）浮踊凌雲縱身經由鍼孔出入羅巾飄妙翩綿乍見乍泯唐勒曰析飛糠以爲輿剖粃糟（一作糠又作粺）以爲舟泛然投乎柸水中淡若巨海之洪流馮蚋眥以顧眄附蟭蟟而遨遊準寧隱微以原存亡而不憂又曰舘於蠅鬚宴于毫端烹虱脛切蟣肝會九族而同嚌猶委餘

而不殫宋玉曰無內之中微物潛生比之無象言之無名蒙蒙（一作夢）滅景昧昧遺形超於大虛之域出於未兆之庭纖於毳末之微蔑陋於茸毛之方生視之則眇眇望之則冥冥離朱為之歎悶神明不能察其情二子之言磊磊皆不小何如此之為精王曰善賜以雲夢之田

諷賦　宋玉

楚襄王時宋玉休歸唐勒讒之於王曰玉為人身體容冶口多微詞出愛主人之女入事大王願王疏之玉休還王謂玉曰玉為人身體容冶

口多微詞出愛主人之女入事寡人不亦薄乎

玉曰臣身體容冶受之二親口多微詞聞之聖

人臣嘗出行僕飢馬疲正值主人門開主人翁

出嫗又到市獨有主人女在女欲置臣堂上太

高堂下太卑乃更於蘭房之室（一作芝室）止臣其中

中有鳴琴焉臣援而鼓之爲幽蘭白雪之曲主人

之女翳承日之華披翠雲之裘更被白縠之單

衫垂珠步搖來排臣戶曰上客（一本上客字下有日高二字）

無乃飢乎爲臣炊彫胡之飯烹（一作蕡）露葵之羹

來勸臣食以其翡翠之釵挂臣冠纓臣不忍仰

視爲臣歌曰歲將暮兮日已寒中心亂兮勿多言臣復援琴而皷之爲秋竹積雪之曲主人之女又爲臣歌曰內怵惕兮一本作怵惕之心兮徂玉牀橫自陳兮君之傍君不御兮妾誰怨日將至兮下黃泉玉曰吾寧殺人之父孤人之子誠不忍愛主人之女王曰止止寡人於此時亦何能已也

釣賦　宋玉

宋玉與登徒子偕受釣於玄洲止而並見於楚襄王登徒子曰夫玄洲天下之善釣者也願王觀焉王曰其善奈何登徒子對曰夫玄洲釣也

以三尋之竿八絲之線餌若蛆蝱鈎如細鍼以出三赤之魚於數仞之水中豈可謂無術乎夫玄洲芳水餌挂繳鈎其意不可得退而牽行下觸清涅上則波颺玄洲因水勢而施之一作技頡之頏之委縱收斂與魚沉浮及其解弛也因而獲之襄王曰善宋玉進曰今察玄洲之釣未可謂能持竿也又烏足爲大王言乎王曰子之所謂善釣者何玉曰臣所謂善釣者其竿非竹其綸非絲其鈎非鍼其餌非蝱也王曰願遂聞之宋玉對曰昔堯舜湯禹之釣也以賢聖爲竿道

德爲綸仁義爲鉤祿利爲餌四海爲池萬民爲魚釣道微矣非聖人其孰能察之王曰迅哉說乎其釣不可見也宋玉對曰其釣易見王不察爾昔殷湯以七十里周文以百里興利除害天下歸之其餌可謂芳矣南面而掌天下歷載數百到今不廢其綸可謂紉矣群生寖其澤民氓畏其罰其釣可謂拘（一作善）矣功成而不隳名立而不改其竿可謂強矣若夫竿折綸絕餌墜釣決波涌魚失是則夏桀商紂不通夫釣術也今察玄洲之釣也左挾魚罶右執槁竿立于瀵汙

之涯倚乎楊柳之間精不離乎魚喙思不出乎鮒鯿形容枯槁神色憔悴樂不役勤獲不當費斯乃水濱之役夫也巳君王又何稱焉王若建堯舜之洪竿攄禹湯之脩綸投之於瀆視之於海漫漫群生孰非吾有其爲大王之釣不亦樂乎

舞賦

宋玉

楚襄王既遊雲夢將置酒宴飲謂宋玉曰寡人欲觴群臣何以娱之玉曰臣聞激楚結風陽阿之舞材人之窮觀天下之至妙噫可進乎王曰

試爲寡人賦之玉曰唯唯尔乃鄭女出進二八
徐待姣服極麗姁媮致態貌嫽妙以妖冶紅顏
曄其陽華眉連娟以增繞目流睇而橫波珠翠
灼爍而照曜兮華袿飛髾而雜纖羅顧形影自
整裝順微風揮若芳動朱脣紆清揚而抗音高
歌爲樂之方其始興也若俯若仰若來若往雍
容彫悵不可爲象羅衣從風長袖交橫駱驛飛
散颯沓合并綽約閑靡機迅躰輕合場遞進案
次而俟埒簇用妙夸容乃理軼態橫出瑰姿譎
起迴身還入迫于急節紆形赴遠漼折飛縠蛾

飛繽焱若絕遷延徵笑退復次列觀者稱麗莫不怡悅

旱雲賦

賈誼

惟昊天之大旱兮失精和之正理遥望白雲之蓬勃兮滃澹澹而妄止運清濁之澒洞兮正重沓而並起嵬隆崇以崔巍兮時彷彿而有似屈卷輪而中天兮象虎驚與龍駭相搏據而俱興兮妄倚儷而時有遂積聚而給沓兮相紛薄而慷慨若飛翔之從橫兮揚波怒而澎濞正一作雲惟布而雷動兮相擊衝而破碎或窈窕而四塞

兮誠若雨而不墜陰陽分而不相得兮更惟貪邪而狠戾終風解而霧散兮陵遲而堵潰或深潛而閉藏兮爭離而並逝廓蕩蕩其若滌兮日照照而無穢隆盛暑而無聊兮煎砂石而爛渭湯風至而合（一作含）熱兮群生悶滿而愁憒畎畝枯槁而失澤兮壤石相聚而爲害農夫垂拱而無事兮釋其鉏耨而下淚憂疆（一作壞）畔之遇害兮痛皇天之靡惠惜稚稼之旱夭兮離天災而不遂懷怨心而不能已兮竊託咎於在位獨不聞唐虞之積烈兮與三代之風氣時俗殊而不

還兮恐功久而壞敗何操行之不得兮政治失中而違節陰氣辟而留滯兮猷暴至而沈沒嗟乎惜葉大劇何辜于天無恩澤忍兮嗇夫何寡德矣既巳生之不與福矣來何暴也去何躁也孳孳望之其一作甚可悼也憭兮慄兮以鬱怫兮念怨白雲腸如結兮終怨不雨甚不仁兮布而不下甚不信兮白雲何怨奈何人兮

簴賦　　賈誼

妙彫文以刻鏤兮象巨獸之屈奇兮戴高角之峩峩負大鍾而顧飛美哉爛兮亦天地之大式

士不遇賦

董仲舒

嗚呼嗟乎遐哉邈矣時來曷遲去之速矣屈意從人非吾徒矣正身俟時將就木矣悠悠偕時豈能覺矣心之憂歟不期禄矣皇皇匪寧秪增辱矣努力觕藩徒摧角矣不出戶庭庶無逼一作過矣重曰生不丁三代之盛隆兮而丁三季之末俗以辨詐而期通兮貞士耿介而自束雖曰三省於吾身兮繇懷進退之惟谷彼寔繁之有徒兮指其白而爲黑目信嫮而言眇兮口信辨而言訥鬼神之不能正人事之變戾兮聖賢亦

不能開愚夫之違惑出門之不可以階往兮藏器又豈其不容退洗心而訥言兮亦未知其所從也觀上古之清濁（一作暉）兮廉士亦煢煢而靡歸翔有下隨與務光兮周武王有伯夷與叔齊下隨務光遁迹於深淵兮伯夷叔齊登山而采薇使彼聖人其繇周遑兮剝舉世而同迷若伍員與屈原兮固亦無所復顧亦不能同彼數子兮將遠遊而終於吾儕之云遠兮疑（一作懼）荒塗而難踐憚君子之于行兮誠三日而不飯嗟天下之偕違兮悵無與之偕返孰若返身於素業

兮莫隨世而輪轉雖矯情而獲百利兮復不如
正心而歸一善紛既迫而後動兮豈云稟性之
惟褊昭同人而大有兮明謙光而務展遵幽昧
於黙足兮豈舒采而蘄顯苟肝膽之可同兮奚
鬚髮之足辨也

梁王菟園賦　　枚乘

脩竹檀欒夾池水旋菟園並馳道臨廣衍長冗
板故徑於崑崙貇觀（一作勸）相物芴焉子有似乎
西山西山隑隑邮（一作邵）焉隗隗巷嶐崣穋𡶒巖
嵜嵷巍𡾫焉暴熛激（一作煙徼）揚塵埃蛇龍奏林薄

竹遊風踊焉秋風揚焉滿庱庱焉紛紛紜紜騰
踊雲亂枝葉暈散摩來憣憣焉谿谷沙石涸波
沸日湲浸疾東流連焉轔轔陰發緒菲菲闇闇
讙擾昆雞蝭蛙倉庚密切別鳥相離哀鳴其中
若乃附巢蹇鷙之傳於列樹也欐欐若飛雪之
重弗麗也西望西山山鵲野鳩一作鷄白鷺鶻桐
鸕鷀鷊鵰翡翠鴝鵒守狗戴勝巢枝穴藏被塘
臨谷聲音相聞喙尾離屬翱翔群熙交頸接翼
闒而未至徐飛翋𦑣往來霞一作露水離散而沒
合疾疾紛紛若塵埃之間白雲也予之幽冥究

之乎無端於是晚春早夏邯鄲襄國易陽之容
麗人及其燕飾子相予雜還而往款焉車馬接
軫相屬方輪錯轂接服何驂披銜跡蹶自奮增
絕怵惕騰躍水意而未發因更陰逐心相秩奔
一作奮又奪隧林臨河怒氣未竭羽蓋繇起被以紅
沫濛濛若雨委雪高冠扁焉長劍閑焉左挾彈
焉右執鞭焉日移樂衰遊觀西園之芝芝成宮
闕枝葉榮茂選擇純熟挈取含苴復取其次顧
賜從者於是從容安步鬬雞走兔俛仰釣射煎
熬炮炙極樂到暮若乃夫郊采桑之婦人兮袿

裼錯紆連袖方路摩馳長髮便娟數顧芳温往來接神連未結已諸不分縹併進請償笑連便不可忍視也於是婦人先稱曰春陽生兮萋萋不才子兮心哀見嘉客兮不能歸桑萋蠶飢中人望柰何

美人賦　　司馬相如

司馬相如美麗閑都遊於梁王梁王悅之鄒陽譖之於王曰相如美則美矣然服色容冶妖一作姣麗不忠將欲媚辭取悅遊王後宮王不察之乎王問相如曰子好色乎相如曰臣不好色也

王曰子不好色何若孔墨乎相如曰古之避色
孔墨之徒聞齊饋女而遐逝望朝歌而迴車譬
於防火水中避溺山隅此乃未見其可欲何以
明不好色乎若臣者少長西土觸（一作鰥）處獨居
室宇遼廓莫與爲娛臣之東鄰有一女子雲髮
豐豔蛾眉皓齒顏盛色茂景曜光起恒翹翹而
西（一作相）顧欲留臣而共止登垣而望臣三年于
茲矣臣棄而不許竊慕大王之高義命駕東來
（一作而東）途出鄭衛道由桑中朝發溱洧暮宿上宮
上（一作離）宮閑館寂寞雲虛門閤（一作闃）晝掩曖若

神居臣排其戶而造其堂（一作室）芳香芬烈黼帳
高張有女獨處婉然在牀奇葩逸麗淑（一作素）質
艷光覩臣遷延微笑而言曰上客何國之公子
所從來無乃遠乎遂設旨酒進鳴琴臣遂撫絃
爲幽蘭白雪之曲女乃歌曰獨處室兮廓無依
思佳人兮情傷悲有美人兮來何遲日既暮兮
華色衰敢託身兮長自私玉釵挂臣冠羅袖拂
臣衣時日西夕玄陰晦冥流風慘冽素雪飄零
閑房寂謐不聞人聲於是寢具既設服玩珍奇
金鉔（一作鑪）薰香黼帳低（一作高）垂裀褥重陳角枕

橫施女乃弛其上服表其褻衣皓體呈露弱骨豐肌時來親臣柔滑如脂臣乃氣服（一作脈定）於內心正于懷信誓旦旦秉志不回飄然高舉與彼長辭

古文苑卷第一

古文苑卷第二

賦

屏風賦

劉安

維兹屏風出自幽谷根深枝茂號爲喬木孤生陋弱畏金強族移根易土委伏溝瀆飄颻殆危靡安措足思在蓬蒿林有樸樕然常無緣悲愁酸毒天啓我心遭遇徵祿中郎善理收拾捐朴大匠攻之刻彫削斵表雖裂剥心質貞慤等化器類庇蔭尊屋列在左右近君頭足頼蒙成濟其恩弘篤何恩施遇分好沾渥不逢仁人永爲

枯木

又屏風賦　羊勝

屏風鞈匝蔽我君王重葩累繡沓壁連璋飾以文錦映以流黃畫以古烈顒顒昂昂蕃后宜之壽考無疆

擣素賦　班婕妤

測平分以知歲酌玉衡之初臨見禽華以麃一作麗色聽一作忽霜鶴之傳音佇風軒而結睇對愁雲之浮沈雖松梧之貞脆豈榮彫其異心若乃廣儲懸月暉水流清桂露朝滿涼衿夕輕燕姜含

蘭而未吐趙女抽簧而絶聲改容飾而相命卷霜帛而下庭曳羅裙之綺靡振珠珮之精明若乃盼睞生姿動容多製弱態含羞妖風靡麗皎若明魄之升崖煥若荷華（一作衣）之昭晰調鉛無以玉其貌凝朱不能異其脣勝雲霞之邇日（一作月）似桃李之向春紅黛相媚綺組流光笑笑移妍步步生芳兩靨如點雙眉如張頹肌柔液音性閑良於是投香杵扣玟砧擇鸞聲爭鳳音梧因虛而調遠柱由貞而響沉散繁輕而浮捷節疎亮而清深含笙總筑比玉兼金不塤不篪匪

瑟匪琴或旅環而紆鬱或相參而不雜或將往而中還或已離而復合翔鴻爲之徘徊落英爲之颯沓調非常律聲無定本任落手之參差從風飈之遠近或連躍而更投或暫舒而長卷清寡鸞之命群哀離鶴之歸晚苟是時也鍾期改聽伯牙弛琴桑閒絶響濮上傳音蕭史編管以擬吹周王調笙以象吟若乃窈窕姝妙之年幽閑貞專（一作靜專）之性符皎日之心甘首疾之病歌采綠之章發東山之詠望明月而撫心對秋風而掩鏡閱絞練之初成擇玄黃之妙匹（一作逸）準

華（準一作准）裁於昔時疑形異於今日想嬌奢之或
至許㮚蘭之多術勳陋製之無韻慮蛾眉之爲
愧懷百憂之盈抱空千里兮飲淚優長袖於妍
袂綴半月於蘭襟表纖手於微縫㡿見跡而知
心訥沿路之遐負怨芳菲之易泄（一作絶）書既封
而重題笥已緘而更結勲行客而無言還空房
而掩咽（一作泣）

請雨華山賦　劉向

崆巃巍嶒崾山清忽幽昧往曲勃林岑茱崔（一作
雚）碣離安連迎嵲通谷曼服慷奄草均阿阪嵾

紛聲沸路遼遠調脩崪嶉寔服嶼冥冥蘭蔓

散峽崝崝此崔反㑣㑣溱溱路黍稷雲嵷忽、

傳天下爲深壑旅請令深溼水谷密請宜令所

出百鐕鐕清池涌泉淡州鳴一作嗚鶩翔嚛嚛殊

佋診賞懸若神悲哀一作衰但往一作但住不可語人

麀鹿麔麞㑣他他野牛勝握觸熊蕃蕃律怒佛

特林旅象犀庸遊山陵天陰且雨負日聆棠柘

梓桐搽捎毋猴猿木戲手相持睠陽趡棼若風

時憚鴐飄陽鸞孔翠文章明豎一作騰曠苑倉君游

山旁惃蝲狐狢臨水凝潭兮不觸果必方莖格

可爲惃陵鯶難神龜春夏出游冬自根聖人親之誠虞哉號挹　何不可勝亦路臨何爲華山

逐貧賦　揚雄

揚子遁居（一作世）離俗獨（一作隱）處左隣崇山右接曠野鄰垣乞兒終貧且窶禮薄義弊相與群聚（又處）惆悵失志呼貧與語汝在六極投棄荒遐好爲庸卒刑戮是加匪惟幼稚嬉戲土砂居非近隣接屋連家恩輕毛羽義薄輕羅進不由德退不受呵夂爲滯客其意謂（一作若）何人皆文繡余褐不完人皆稻粱我獨藜飧貧無寶玩何以接

懽宗室之燕爲樂不槃徒行負債（一作茇）出處易衣身服百役手足胼胝或耘或耔霑體露肌朋友道絶進宦（一作亦）凌遲厥咎安在職汝爲之舍汝遠竄崑崙之顛爾復我隨翰飛戾天舍爾登山巖穴隱藏爾復我隨陟彼高崗捨爾入海汎彼栢舟爾復我隨載沉（一作汜）載浮我行爾動我靜爾（一作汝）休豈無他人從我何求今汝去矣勿復久留貧曰唯唯主人見逐多言益嗤心有所懷願得盡辭昔我乃祖宗（一作宣）其明德克佐帝堯誓爲典則土階茅茨匪彫匪飾爰及世季縱

其昏惑饕餮之群貪冨苟得鄙我先人乃傲乃驕瑶臺瓊榭一作室室一作華屋崇高流酒爲池積肉爲崤是用鵠逝不踐其朝三省吾身謂予無諐處君之家又所福禄如山忘我大德思我小怨堪寒能一作耐暑少而習焉寒暑不忒等壽神仙桀跖不顧貪類不干人皆重蔽一作閉子獨露居人皆怵惕子獨無虞言辭既罄色厲目張攝齊而興降階下堂誓將去汝適彼首陽孤竹之一作二子與我連行余乃避席辭謝不直請不貳過聞義則服長與汝一作尔居終無猒極貧遂不去

與我遊息

太玄賦　　揚雄

觀大易之損益兮覽老氏之倚伏省憂喜之共門兮察吉凶之同域曒曒著乎日月兮何俗聖之暗燭豈愒（一作怙）寵以冒灾（一作容）兮將噬臍之不及若飄風不終朝兮驟雨不終日雷隱隱（一作隆）而輒息兮火猶熾而速滅自天物有盛衰兮況人事之所極奚貪婪於富貴兮迄喪躬而危族豐盈禍所棲兮名譽怨所集薰以芳而致燒兮膏含肥而見爇翠羽嬍而殃（一作危）身兮蚌含

珠而擘裂璽作典（一作禮）以濟時兮驅蒸民而入甲（一作用）張仁義以爲綱兮懷忠貞以矯俗指尊選以誘世兮疾身殁而名滅豈若師由聃兮執玄靜於中谷納僞祿於江淮兮揖松喬於華岳升崑崙以散髮兮踞弱水以濯足朝發軔於流沙兮夕翱翔乎碣石忽萬里而一頓兮過列仙以託宿役青要以承戈（一作弋）兮舞馮夷以作樂聽素女之清聲兮觀宓妃之妙曲茹芝英以禦餓兮飲玉醴以解渴排閶闔以窺天庭兮騎騂騩以踟躕載羡門與儷游兮永覽周乎八極亂

曰甘餌含毒難數嘗兮麟而可羈近犬羊兮鸞鳳高翔戾青雲兮不掛網羅固足珍兮斯錯位極離大戮兮屈子慕清葬魚腹兮伯姬曜名焚一作炙厥身兮孤竹二子餓首山兮斷跡屬婁何足稱一作之兮辟一作譬斯數子智若淵兮我異於此執太玄兮蕩然肆志不拘攣兮

蜀都賦

蜀都之地古曰梁州禹治其江渟皐弥望鬱乎青蔥沃壄千里上稽乾度則井絡儲精下按地紀則巛宮奠位東有巴賨綿亘百濮銅梁

南則有犍牂潛夷昆明峩眉絕限峎嵣堪巖亶
翔靈山揭其右離堆被其東於近則有瑕英菌芝
玉石江珠於遠則有銀鉛錫碧馬犀象僰西有鹽
泉鐵冶橘林銅陵邛連盧池澹漫波淪其旁則有
期牛兕旄金馬碧雞北則有岷山外羌白馬獸則麙
羊野麋罷犛貘貒麡麢麀麝戶豹能黃獑胡蜼
玃猨蠝玃猱猶豰畢方尒乃倉山隱天岒嶮迴叢增
嶃重崒岵石𡾊崔嵸嵯嶵嵬霜雪終夏叩巗巖岭嶙
崇隆臨柴諸徼崼峴五𥑮參羌𡹔巗巖巖觀上岑
嵒龍陽累峗漼絫交倚嶉崪嵐崎集嶮脇施形精

出偈堪嵣隱倚彭門嶋峣嵮嵺嵑峒方彼碑地⿰山軋
⿰山加輵嶰礫乎岳岳北屬崑崙泰極涌泉醴凝水流
津灑集成川於是乎則左沉犁右羌庭漈水浡其匈
都江漂其涇乃溢乎通溝洪濤溶沈千湲萬谷合流
逆折必瀄乎争降湖漕排碣反波逆潭磜石洌巘
紛菨周溥旋溺冤緌頹慚博岸敵呷祽瀨磴嵒敞
樘汾汾忽溶闓沛踰窘凷限連混陁隧銍釘鐘涌
聲讙薄泙龍歷豐隆潛潛　雷抶電擊
鴻鴻康濫速遠乎長喻馳山下卒湍降疾流分川
並注合乎江州於木則榎櫟豫章樹榜檐櫖櫂抻

青稚雕梓枌梧橿櫪㯕楢木稷杍信揖叢俊幹
湊集枇檹抉朅圠沇樘椅從風推參崖㨯摟涇滛
溶溶繽紛幼靡汎閎野望芒芒菲菲其竹則鍾龍蔡
篁野篠紛㟪宗生族攢俊茂豐美洪溶忿葦紛揚
搔翕與風披拖夾江緣山尋卒而起結根才業填衍
迥野若此者方手數千百里於汜則注注漾漾積
土崇堤其淺溼則生蒼葭蔣蒲藿芧青蘋草葉蓮
藕茱華菱根其中則有翡翠鴛鴦裊鸕鷀鷺雙
鶤鸘鷀其深則有猵獺沉鱓水豹蛟虵黿蟺鼈龜
眾鱗鮹鰋尒乃其都門二九四百餘閭兩江飾其市九橋

帶其流武儋鎮都刻削成嶔王基既夷獨侯尚叢并
石石硈岍岑倚從秦漢之徙元以山東是以隤山厥鐃
水貢其獲苴竹浮流龜磧竹石蝸相救魚酭不收淪鳶
鷓鴣鷃風胎雨鷇衆物駭目單不知所禦槩尔乃其裸羅
諸圃歐緣畛黃甘諸柘柹桃杏李枇杷杜樗栗㮏棠
棃離支雜以梴橙被以櫻梅樹以木蘭扶林禽爚般
關旁支何若英絡其間春机楊柳裊弱蟬抄扶施
連卷貏貗糖蛦子鶬呼焉尔乃五穀馮戎爪瓠鐃
多卉以部麻往往薑梔附子巨蒜木艾椒蘺蒟醬
酴清衆獻儲斯盛冬〻青荀舊菜增伽百華投春隆

隱芬芳蔓茗熒翠蘂青黃麗靡螭燭若揮錦布
繡望芒芒子於無埜尒乃其人自造奇錦紞繏維
縝縿緣廬中發文楊采轉代無窮其布則細都弱
折綿蘙成袿阿麗纖靡避晏與陰蜘蛛作絲不可
見風筩中黃潤一端數金雕鏤釦（一作鋁）東西鱗集南北
並湊馳相逢周流往來方轅齊轂隱軫幽輵埃敦塵
拂萬端異類崇戎總濃般旋闐齊咯楚而喉不感槩
万物更湊四時迭代被不折貨負我罔之械財用饒贍蓄
積備具若夫慈孫孝子宗厥祖祢鬼祭祀練時選
日瀝豫齋戒龍明衣表玄縠儷吉日異清濁合踈

明綏離旅乃使有伊之徒調夫五味甘甜之和勺藥
之羹江東鮐鮑隴西牛羊糴米肥睹麈麞不行鴻
獚獮乳獨竹孤鶬炮鷃被紕之胎山麕髓腦水遊之
腴蜂豚應鴈孺孽被鴳鳧戮鶂初乳山鶴既交
春羔秋鼲膾鮻龜肴秔田孺鷩形不及勞五
肉七菜朦猒腥臊可以練神養血脈者莫不
畢陳尔乃其俗迎春送百金之家千斤之公
乾池泄澳觀魚于江若其吉日嘉會期於倍
春之陰迎夏之陽侯羅司馬郭范畾揚置酒
乎榮川之閒宅設坐乎華都之高堂延帷揚幕

接帳崗衆器雕琢早刻將 皇朱緣之畫邠盼
麗光龍虵蛩蜷錯其中禽獸竒偉髦山林昔
天地降生壯鄣密促之君則荆上云兄之相厥
女作歌是以其聲呼吟靖領激呦喝啾戸音六
成行夏低徊腭徒入冥及廟噆吟諸連單情舞
曲轉節蹈馭應聲其佚則接芬錯芳襜袺纖
延蹋凄秋發陽春羅儒吟呉公連眺朱顔離
絳脣眇眇之態吡噉出焉若其遊怠魚弋群
公之徒相與如平陽頫臣沼羅車百乘期會投
宿觀者方隄行船競逐偃衍撇曳絺索恍惚

羅畏弥澥蔓蔓汹汹蘢睢瞗房罧布列枚
孤施兮纖繳出鷩雌落兮高雄歷翔雎掛兮
奔縈畢組飛膾沈單然後別

甘泉宮賦　　劉歆

軼凌陰之地室過陽谷之增城廻天門而鳳舉
躡黃帝之明庭冠高山而爲居乘崑崙而爲宮
桉軒轅之舊處居北辰之闕中背共工之幽都
向炎神之祝融緣石闕之天梯桂木雜而成行
芳肸蠁之依斐鸞鳳孔雀而翶翔鳳凰止而集
之甘醴涌於中庭離宮特館接比相連雲起波

駭星布彌山高巒峻阻臨洮廣衍深林蒲葦涌水清泉芙蓉菡萏菱華蘋藻豫章雜木楩松柞棫女貞烏勃桃李棗檍

遂初賦

遂初賦者劉歆所作也歆少通詩書能屬文成帝召爲黃門侍郎中壘校尉侍中奉車都尉光祿大夫歆好左氏春秋欲立於學官時諸儒不聽歆乃移書太常博士責讓深切爲朝廷大臣非疾求出補吏爲河內太守又以宗室不宜典三河徙五原太守是時朝政已

多失矣歎以論議見排擯志意不得之官經
歷故晉之域感今思古遂作斯賦以歎征事
而寄巳意
昔遂初之顯祿兮遭閶闔之開通蹠三台而
上征兮入北辰之紫宮備列宿於鉤陳兮擁大
常之樞極揔六龍於駟房兮奉華蓋於帝側
惟太階之侈闊兮機衡爲之難運懼魁杓之前
後兮遂隆集於河濱遭陽侯之豐沛兮乘素
波以聊戾得玄武之嘉兆兮守五原之烽燧
二乘駕而既俟僕夫其而在　馳太行之嚴防

兮入天井之喬關歷嵩岡岑以升降兮馬龍騰以
起攄無雙駟以優遊兮濟黎侯之舊居心滌
蕩以慕遠兮迴高都而北征劇彊秦之暴虐
兮弔趙括於長平好周文之嘉德兮躬尊賢
而下士鶩駟馬而觀風兮慶辛甲於長子哀襄
周之失權兮數辱而莫扶執孫蒯于屯留兮
救王師於途吾過下　而歎息兮悲平公之
作臺背宗周而不卹兮苟偷樂而惰怠枝葉
落而不省兮公族閴其無人曰不釁而俞甚兮
政委弃於家門載約屨而正朝服兮降皮弁

以爲履寶礫石於廟堂兮面隋和而不眡始建襄而造亂兮公室由此遂卑憐後君之寄寓兮唁靖公於銅鞮越侯甲而長驅兮釋叔向之飛患悅善人之有救兮勞祁奚於太原何叔子之好直兮爲群邪之所惡賴祁子之一言兮幾不免乎徂落雙美不必爲偶兮時有差而不相及雖韞寶而求賈兮嗟千載其焉合昔仲尼之淑聖兮竟隘窮乎蔡陳彼屈原之貞專兮卒放沉於湘淵何方直之難容兮柳下黜而三辱蘧瑗抑而再奔兮豈材知之不足揚

蛾眉而見妬兮固醜女之情也曲木惡直繩兮亦小人之誠也以夫子之愽觀兮何此道之必然空下時而矔世兮自命己之取患悲積習之生常兮固明智之所别叔群既在皁隸兮六卿興而爲桀荀寅肆而顓恣兮吉射叛而擅兵憎人臣之若兹兮責趙鞅於晉陽軼中國之都邑兮登句注以陵厲歷鴈門而入雲中兮超絶轍而遠逝濟臨沃而遥思兮垂意兮邊都野蕭條以寥廓兮陵谷錯以盤紆飄寂寥以荒昒兮沙埃起之杳冥迴風育其

飄忽兮迴颭颭之泠泠薄涸凍之凝滯兮茀
谿谷之清涼積雪之皚皚兮涉凝露之降霜
楊雹霰之復陸兮慨原泉之凌陰激流澌之
漻淚兮窺九淵之潛淋颮悽愴以慘怛兮慽
風漻以冽寒獸望浪以穴竄兮鳥脇翼之浚
浚山蕭瑟以鶤鳴兮樹木壞而哇吟地坼裂
而憤忽急兮石捌破之嵒嵒天烈烈以厲高
兮廖埒窻以梟窂鷹邑邑以遲遲兮野鸛鳴
而嘈嘈望亭隧之皦皦兮飛旗幟之翩翩回
百里之無家兮路脩遠之綿綿於是勤障塞

而固守兮奮武靈之精誠攄趙奢之筭慮兮威謀完乎金城外折衝以無　兮內撫民以永寧既邕容以自得兮惟惕懼於笙寒攸潛温之玄室兮滌濁穢於太清及情素於寂漠兮居華軿之冥冥玩書琴以條暢兮考性命之變態運四時而覽陰陽兮揔萬物之珎怪雖窮天地之極變兮曾何足乎留意長恬淡以懽娛兮固賢聖之所喜亂曰　幽潛德含聖神兮抱奇內光自得貢兮寵幸浮寄奇無常兮寄之去留亦何傷兮大人之度品物齊

兮舍位之過忽若遺兮求位得位固其常兮
守信保已比老彭兮

首陽山賦　　杜篤

嗟首陽之孤嶺形勢窟其盤曲面河源而抗巖隴塠隈而相屬長松落落卉木蒙蒙青羅落漠而上覆穴溜滴瀝而下通高岫帶乎巖側洞房隱於雲中忽吾覩兮二老時采薇以從容於是乎乃訊其所求問其所循州域鄉黨親戚儔疋何務何樂而並茲遊矣二老乃荅余曰吾郡之遺民者也厥側孤竹作藩北湄少名叔齊長曰

伯夷聞西伯昌之善救育年艾於黃耇遂相攜而隨之冀寄命乎餘壽而天命之不常伊事變而無方昌伏事而畢命子忽覩其不祥乃興師於牧野遂干戈以伐商乃棄之而來遊擔不少於其鄉余閉口而不食並卒命乎山傍

竹扇賦 班固

青青之竹形兆直妙華長竿紛寔翼異杳篠叢生於水澤疾風時紛紛（下紛字一作蕭）颯削爲扇翣成器美託御君王供時有度量異好有圓方來風辟暑致清涼安體定神達消息百王傳之賴功力

壽考康寧累萬億（一本來風堪辟暑靜致夜凊凉）

琴賦　傅毅

歷松岑而將降睹鴻梧於幽阻高百仞而不枉對脩條而特處蹈通涯而特遊圖茲梧之所宜信雅琴之麗樸乃弁伐其孫枝遂雕琢而成器揆神農之初制盡聲變之奧妙抒心志之鬱滞

九宮賦　黃香

伊黃虛（一作虞又靈）之典度存乎文昌之會宮翳華蓋之葳蕤依上帝以隆崇捉（一作促）璇璣而布政揔四七而持綱和日月之光曜均節度以運行

序列宿之煥爛咸垂景以煌煌歷天陰之晦暗陽玉石以炳明鏡大道之浩廣泑沉滐以坱圠一作泱沆圠又作軋眄旭歷而鋭鋃鋭一作銑廓岘峄以閬閬即蹴縮以擻繻坎㝃援以湞楊湞一作酒揚一作陽駽一作騚騴騮驀以差差一作羗嬴磋磥皓皜以駿樂駿一作駮銀拂律以順游徑閨闥而出玉房謁五嶽而朝六宗對祝融而督勾芒蕩翊翊而敝降聊優游以尚陽一作徜徉蹠昆崙而蹈碣石跪氐柱而跨太行肘熊耳而據桐栢介嶓冢而持外方浣彭蠡而洗北海淬五湖而漱華池粉白沙而嘵定容

卷南越以騰歷連明月以爲懸剥駭雞以爲釵繞績組而攝雲欝垂獨壐而服離袿戴冀岌而帶繚繞曳陶匏以委蛇（一作馳）乗根車而駕神馬驂騣駒而俠窮奇使織女驂乗王良爲之御三台執兵而奉引軒轅乗駏驉而先驅招揺豐隆騎師子而俠轂名先後以爲車雲左青龍而右觜觿前七星而後騰蛇徼太一而聚羣神趣熒惑而叱太白東井輟（一作軔）轢而播（又潘）洒彗勃佛仿以捎擊四徼塵（又作遮）於干道絕引者而鷩韠蚩尤之倫玢璘而要班斕垂（又作乗）金干而捷（又建）

雄戟操巨棨（又臣棨）之磝弩齊佩機而鳴廓狼狐彀張而外饗枉矢持芒以岝崿迅衝風而突飛電振雲嵱岫而土塋山龍狡猾（又作猾）而蹴踐蛩走札揭而獠桔梗（一作繚結便）櫟畧玃而突列蛸槁律屈而却梁黨巷溏而觸蝢蜓抉（又拙）礔礰（一作礫）而扑雷公摽擊鈌而拂勃決奮雲旗而椎（又撞）鴻鐘聲淳淪（又作綸）以純命四海澹而祏地梁（祏又作祐）（一本無決字）碎太山而刺嵩吸江河而嘬九江登蕉嶤之鼞臺闕天門而閉帝宮享嘉命而延壽樂斯宮之無窮

鍼縷賦　　曹大家

鎔秋金之剛精形微妙而直端性通遠而漸進博庶物而一貫惟鍼縷之列迹信廣博而無原退逶迤以補過似素絲之羔羊何斗筲之足筭咸勒石而升堂

圍碁賦　　馬融

略觀圍碁兮法於用兵三尺之局兮爲戰鬭場陳聚士卒兮兩敵相當拙者無功兮弱者先亡自有中和兮請說其方先據四道兮保角依旁緣邊遮列兮往往相望離離馬目兮連連鴈行

踔度閒置兮徘徊中央違閣奮翼兮左右翱翔
道狹敵衆兮情無遠行碁多無策兮如聚群羊
駱驛自保兮先後來迎攻寬擊虛兮蹌踤內房
利則爲時兮便則爲強猒於食兮壞決垣墻堤
潰不塞兮泛濫遠已橫行陣亂兮敵心駭惶迫
兼碁雖兮頗棄其裝已下口兮鑿置清坑窮其
中罫（又羅）兮如鼠入囊收死卒兮無使相迎當食
不食兮反受其殃勝負之㩶（㩶一作策）兮於言如髮
乍緩乍急兮上且未分白黑紛亂兮於約如葛
雜亂交錯兮更相度越守視不同（一作固）兮爲所

唐突深入貪地兮殺亡士卒狂攘相救兮先後
并沒上下離遮又遷雜兮四面滿閉圍合罕散兮
所對哽咽韓信將兵兮　難通絕自陷死地
兮設見權譎誘敵兇行兮往往一室損碁委食
兮三將七遲逐爽悶兮轉相伺密商度地道兮
道理碁相連結蔓延連閣兮如火不滅扶疏布散
兮左右流溢浸淫不振兮敵人懼慄迫促踧踖
兮惆悵自失計功相除兮以時各一作名又早訖事
留戀生兮拾碁欲疾營惑窘乏兮無令詐出深
念遠慮兮勝乃可必

髑髏賦　　張衡

張平子將遊目於九野，觀化乎八方。星回日運，鳳舉龍驤。南遊赤野，北泚（一作涉）幽鄉，西經昧谷，東極浮桑。於是季秋之辰，微風起涼，聊回軒駕，左翔右昻。步馬于疇阜，逍遥乎陵岡，顧見髑髏，委於路旁，下居淤壤，上有玄霜。張平子悵然而問之曰：子將并糧推命，以夭逝乎？本喪此土，流遷來乎？爲是上智，爲是下愚？爲是女子，爲是丈夫？於是肅（一作蕭）然有靈（一作聲），但聞神響，不見其形。荅曰：吾宋人也，姓莊名周。遊心方外，不能自修，壽命終極，來而玄幽公子何以問之對曰我欲告之於五岳禱之於神祇起子素骨反子四支取耳北坎求目南離使東震獻足西坤授腹五内（一作骨肉）皆還六神皆復子欲之不乎髑髏曰公子言之殊難也死爲休息生爲役勞冬冰之凝何如春冰之消榮位在身不亦輕於塵毛巢許所耻伯成所逃況我已化與道逍遥離朱不能見子野不能聽堯舜不能賞桀紂不能刑虎豹不能害劒戟不能傷與陰陽同其流與元氣合其朴以造化爲父母天地爲牀蓐雷電爲鼓扇日月爲燈燭雲漢爲川池星

宿爲珠玉合體自然無情無欲澄之不清混之
不濁不行而至不疾而速於是言卒響絶神光
除滅顧時發軫乃命僕夫假之以縞巾衾之以
玄塵爲之傷涕酹於路濱

冢賦　　　張衡

載輿載步地勢是觀降此平土陟彼景山一升
一降乃心斯安爾乃隳巍山平險陸刊蘩林鑿
盤石起峻壟搆大椁高岡冠其南平原承其北
列石限其壇羅竹藩其域系以脩隧洽以溝瀆
曲折相連迤靡相屬乃樹靈木靈木戎戎繁霜

峩峩匪雕匪琢周旋顧眄亦各有行乃相厥宇乃立厥堂直之以繩正之以日有覺其林以構玄室奕奕將將崇棟廣宇在冬不涼（一作寒）在夏不暑祭祀是居神明是處脩遂之際亦有掖門掖門之西十一餘半下有直渠上有平岸舟車之道交通舊館寔淵慮弘存不忘亡恢廓廣壇祭我兮子孫宅兆之形規矩之制希而望之方以麗踐而行之巧以廣幽墓既美鬼神既寧降之以福於以之平如春之卉如日之外

函谷關賦　李尤

惟皇漢之休烈兮包八極以據中混無外之盪
盪兮惟唐典之極崇萬國喜而洞洽兮何天衢
以流通襟要約之險固兮制關楗以檎非其南
則有蒼梧荔浦離水謝沐涯浦零中以窮海陸
於北則有蕭居天井壺口石徑貫越代朔以臨
胡庭緣邊邪指陽會玉門凌測龍堆或置於西
則有隨隴武夷白水江零汚漢阻曲路由山泉
舊水遼濫沐落是經迺周覽以汎觀兮歷衆關
以遊目惟夸闊之宏麗兮羌莫盛於函谷施雕
甍以作好建峻敞之堅重殊中外以隔别翼巍

巍之高崇命尉臣以執鑰統羣類之所從嚴固守之猛厲橾戈鉞而普聰蕃鎮造而惕息侯伯過而震惶惟函谷之初設險前有姬之苗流嘉尹喜之望氣知眞人之西遊爰物色以遮道爲著書而肯留自轍之東遷秦虎視乎中州文馳齊而懼追譎雞鳴於狗偷雎背魏而西逝托衆衣以免搜大漢承弊以建德革厥舊而運脩准令宜以就制因茲勢以立基盖可以詰非司邪括執喉咽季末荒戍墮闕有年天閔羣黎命我聖君稽符皇乾孔適河文中興再受二祖同勲

永平承緒欽明奉循上羅三關下列九門會萬
國之玉帛徠百蠻之貢琛冠蓋紛其雲合車馬
動而雷奔察言服以有譏捐繻傳而勿論于以
廓襟度於神聖法易簡於乾坤

大赦賦　崔寔

惟漢之十一年四月大赦滌惡棄穢與海内更
始亹亹乎思隆平之進也寔就而賦焉
以爲五帝異世三王殊事然其承天據地興修
法制一也陛下以苞天之大承前聖之迹朝乾
乾於萬幾夕虔敬而厲惕然猶痛刑之未措厥

將大赦天下所以創太平之迹旗頌聲之期新邦家而更始垂祉羨乎將來此誠不可奪也方將披玄雲照景星獲嘉禾於疆畝數蓂莢於階庭捫騏驎之肉角聆鳳凰之咊鳴農夫歡於時雨工女樂於機聲雖羲皇之神化尚何斯之太

古文苑卷第二

古文苑卷第三

賦

夢賦　　王延壽

臣弱冠嘗夜寢見鬼物與臣戰遂得東方朔與臣作駡鬼之書臣遂作賦一篇叙夢後人夢者讀誦以却鬼數數有驗臣不敢蔽其詞曰

余宵夜寢息乃忽有非常之夢其爲夢也悉覩鬼物之變恠則有蛇頭而四角魚尾一作首而鳥身或三足而六眼龍形而似人羣行而奮摇忽來到吾前伸臂而舞手意欲相引牽於是夢中

驚怒腷臆紛紜曰吾含天地之淳和何妖孽之敢臻尒乃揮手振（一作奮）拳雷發電舒前游光斬猛豬（一作蹺）批黷毅斫魅虛捎魍魎拂諸渠撞縱目打三顱撲茗蕘扶夔䰩（茗蕘一作魍夔）搏（一作暉）睍睆蹴睢盱剖列蹷掣羯孽劓尖鼻踏赤舌拏傖𥥛揮䰄鬗於是手足俱中捷獵摧拉澎濞跌抗揩倒批笞強梁捶捋劇捘撩予揔攕黠施顡（一作頪）贖抨撜軋於是群邪衆魅駭擾遑遽煥衍叛散乍留乍去變形瞪眄顧望猶豫吾於是更奮奇譎脉捧獲噴扼撓峴撻（扼一作振）咿嚘批擂嘖於是

三三四四相隨俍傍而歷僻礲礲磕磕揞齊亥一作精氣充布詟詟譽譽一作譻譻鬼驚魅怖或盤跚而欲走或拘攣而不能步或中瘡而宛轉奄霧消而光散寂不知其何故嗟妖邪之怯物敢干真人之正度耳唧嘈而外朗忽屈申而覺寤於是雞知天曙而奮羽忽嘈然而自鳴鬼聞之以迸走心慴怖而皆驚亂曰齊桓憂物而以霸兮武丁夜感得賢佐兮周夢九齡年克百兮晉文監腦國以竟一作競兮老子役鬼爲神將兮轉禍爲福永無恙兮

王孫賦　　　王延壽

原天地之造化實神偉以屈奇道玄微以窈妙信無物而不爲有王孫之狡獸形陋觀而醜儀顏狀類乎老公軀體似乎小兒眼睚䁶以眈一作眈盼䘏視職睫以眣睳突高匡而曲頞瞏一作儇嬰一作瞋呼歷切歷而隮離鼻鼃齁以𪖙𪖚目聿役以嘀知口嗛呥以齡一作齺𪘀脣皺噏以皵覙齒崖崖以䶬䶬嚼唯喙而囁兒儲糧食於兩頰稍委輸於胃脾踡兔蹲而猪一作狗距聲歷鹿而喔咿或囁囁而嗀嗀又嚌𥄎一作嗅而若啼姿僭傔而抵

一作揔贛豁盱閬以瑣一作頸醘一作醯睕一作睸眙瞜而曨
睗既瞵䁲而踧岌生深山之茂林處嶄巖之嶔
崎性僄猜以播疾態峯出而橫施緣百仞之高
木攀窈裊之長枝背牢落之峻壑臨不測之幽
溪尋柯條以宛轉或捉腐而登危若將頹而復
着紛絀絀以陸離或羣跳而電透了一作丫爪懸
而瓠垂上觸手而挈攫下值一作對足而登跂手
攀攬以狂接夓儵眒而電走將一作寥遼落以蕭
索乍睥睨以容與或蹢一作踩趹以跳迸又咨嗽
而攢聚扶嶔崟以揀一作陳椽極躡危臬而騰舞忽

踊逸而輕迅羌難得而覼縷同甘苦於人類好餔糟以歠醨乃置酒於其側競争飲而踃馳顛陋酌以迷醉矇眠睡而無知蹔拏鬉一作髮以纏縛遂纓絡而羈縻歸鏁繫於庭厩觀者吸呷一作呷而忘疲

漢津賦

蔡邕

夫何大川之浩兮洪流淼以玄清配名位乎天漢披厚土而載形發源自乎嶓冢引漾澧而東征納陽谷之所吐兮兼漢沔之殊名摠畎澮之群液演西土之陰精遇萬山以左迴兮旋襄陽

而南縈切大別之東山兮與江湘乎通迴靈嘉清
源之勢體澹灃湲以安流鱗甲育其萬類兮蛟
龍集以嬉遊明珠胎于靈蚌兮夜光潛乎玄洲
雜神寶其充盈兮豈魚龜之足收

短人賦

侏儒短人僬僥之後出自外域戎狄別種去俗
歸義慕化企踵遂在中國形貌有部名之侏儒
生則象父唯有晏子在齊辨勇匡景拒崔加刃
不恐其餘尪幺劣厥僂寠嘖嘖怒語與人相拒
矇昧嗜酒喜索罰舉醉則揚聲罵詈恣口衆人

恚忌難與共侶是以陳賦引譬比偶皆得形象誠如所語詞曰雄荆鷄兮鶩䴙鷉鶻鳩鶵兮鶉鷃雌冠戴勝兮啄木兒觀短人兮形若斯熱地蝗兮蘆即且（子如切）蝻中蛹兮蚕蠕須（上音而）視短人兮形若斯木門闌兮梁上柱欒鑿頭兮斷柯斧䩬韉鞁兮補履樸脫柄椎兮擣薤杵視短人兮形如許

青衣賦

金玉砂礫珠出蚌泥歎兹窈窕散在卑微盼倩傲儷皓齒蛾眉縱橫接鬟葉如低葵綺袖丹裳

躡蹈絲扉盤跚蹴蹀坐起低昂和暢善笑動揚朱唇都冶武媚卓躒多姿精惠小心趨事如飛中饋裁割莫能雙追關雎之潔不蹈邪非察其所履世之鮮希宜作夫人爲衆女師伊何尔命在此賤微代無樊姬楚莊晉妃感昔鄭季平陽是私故因楊國歷尔邦織難得嬿婉舒寫情懷寒雪繽紛充庭盈階兼裳累鎮展轉倒顛昒昕將曙鷄鳴相催飾駕趣嚴將舍爾乖矇冒矇冒思不可排

筆賦

惟其翰之所生于季冬之狡兔性精亟以標悍體遄迅以騁步削文竹以爲管加漆絲之纏束形調摶以直端染玄墨以定色書乾坤之陰陽讚宓皇之洪勳盡五帝之休德揚蕩蕩之明文紀三皇之功代兮表八百之肆覲傳六經而綴百代兮建皇極而序彝倫綜人倫於晻昧兮贊幽冥於明神象類多喻靡施不協上剛下柔乾坤位也新故代謝四時次也圓和正直規矩極也玄首黃管天地色也

協和昏賦

惟情性之至好歡莫偉乎夫婦受精靈之造化固神明之所使事深微以玄妙實人倫之所始考遂初之原本覽陰陽之綱紀乾坤和其剛柔艮兌感其脢腓葛覃恐其失時摽梅求其庶士惟休和之盛代男女德乎年齒婚姻協而莫違播欣欣之繁祉良辰既至昏禮已舉二族崇飾威儀有序嘉賓僚黨祁祁雲聚車服照路驂騑如舉既臻門屏結軌下車阿傅御豎鴈行蹉跎麗女盛飾曄如春華

琴賦

清聲發兮五音舉韻宮商兮動徵羽曲引興兮繁絲撫然後哀聲既發祕弄乃開左手抑揚右手徘徊抵掌反復抑按藏摧於是繁絃既抑雅韻乃揚仲尼思歸鹿鳴三章梁甫悲吟周公越裳青雀西飛別鶴東翔飲馬長城楚曲明光走獸率舞飛鳥下翔感激絃歌一低一昂

胡栗賦

樹遐方之嘉木兮于靈宇之前庭通二門以征行兮夾堦除而列生彌霜雪之不彫兮當春夏而滋榮因本心以誕節兮凝育櫱之綠英形猗

猗以艷茂兮似翠玉之清明

柳賦

覽竝樹之豐茂紛旖旎以脩長枝扶踈而覃布莖摻捎以奮揚人情藏於舊物心惆悵以增慮行游目而廣望覩城壘之故處悟元正之話言信斯難而存懼嘉甘棠之不伐畏敢累於此樹苟迷跡而退之豈駕馳而不屢

述行賦

余有行于京洛遘淫雨之經時途屯邅其蹇連潦汙滯而爲災聊弘慮以存古宣幽情而屬辭

行游目以南望覽太室之威靈顧大河于北垠
觀洛汭之始并率陵阿以登降赴偃師而精勤
壯田横之奉首義二士之夾墳

彈碁賦

榮華灼爍蕚不韡韡於是列象雕華逵𨤲豐腹
斂邊中隱四企輕利調博易使馳騁然後我掣
兵碁棊夸驚或風飄波動若飛若浮不遲不疾如
行如留放一弊六功無與儔

温泉賦

余適驪山觀温泉浴神井美洪澤之普施乃爲

賦云陽春之月百草萋萋余在遠行顧望有懷遂適驪山觀温泉浴神井風物巒壯厥類之獨美思在化之所原覽中域之珎恠無斯水之神靈控湯泉乎瀛洲濯日月乎中營蔭高山之北延處幽屏以閒清於是殊方跂（一作交）涉駿奔來臻士女曄其鱗萃紛雜遝其如絪亂曰天地之德莫若生兮帝育蒸人悠厥成兮六氣淫錯有疾癘兮温泉汩焉以流穢兮蠲除苛慝服中正兮熙哉帝載保性命兮

誚青衣賦

彼何人斯恍此艷姿麗辭美譽雅句斐斐文則
可佳志卑意微鳳兮鳳兮何德之衰高岡可華
何必棘茨醴泉可飲何必洿池隋珠彈雀堂溪
刈葵鴛鶵啄鼠何異乎鵄歷觀古今禍福之階
多由孽妾淫妻書戒牝雞詩載哲婦三代之季
皆由斯起晉獲驪戎斃懷恭子有夏取仍覆宗
絶祀叔肹納由听聲狼似穆子私庚豎牛餧己
黃歇之敗從李園始魯受齊樂仲尼逝矣文公
懷安姜笑其鄙周漸將衰康王晏起畢公喟然
深思古道感彼關雎性不雙侶願得周公妃以

窈窕防微消漸諷諭君父孔氏大之列冠篇首晏嬰潔志不顧景女乃雋不疑奉霍不受見尊不迷況此麗豎三族元紀綢繆不序蟹行索妃旁行求偶昏無媒理宗廟無主門戶不名依其在所生女爲妾生男爲虜歲時酹祀謂其先祖或於馬廐厨閒竈下東向長跪接狎觴酒悉請諸靈僻邪無主多乞少出銅丸鐵柱積繒累億皆來集聚嫡婉歡心各有先後臧獲之類蓋不足數古之贅婿尚猶塵垢況明智者欲作奴父

羽獵賦

皇上感天威之滌烈思太昊之觀虞表林麓而
廓萊藪剪荆梓而夷榛株於是鳳凰獻歷太僕
駕具蚩尤先驅雨師清路山靈護陣方神蹕御
羲和奉轡弭節西征翠蓋葳蕤鸞駕玲瓏山谷
爲之炎泊丘陵爲之歔傾於是皇輿絪縿遷延
容與抗天津於伊路奠遥集乎南圃大詔獠者
競逐長驅輕車颷厲羽騎雷驚合雲集波流雨
馬蹂麋鹿輪轔狐兎弓不妄彎矢不虚舉鳥驚
往羅獸矢遇

觀舞賦

客有觀舞於淮南者美而賦之曰

音樂陳兮旨酒施擊靈鼓兮吹參差叛淫衍兮漫陸離於是飲者皆醉曰亦既昊美人興而將舞乃修容而改服襲羅縠之雜錯申綢繆而自飾拊者啾其齊列盤鼓煥以駢羅抗脩袖以翳面展清聲而長歌歌曰驚雄遊兮孤雌翔臨歸風兮思故鄉搦纖腰以玄折嬛傾倚兮低昂增芙蓉之紅華兮光灼爍以發揚騰嫮目以顧眆盼爛爛以流光連翩絡繹乍續乍絶裾似飛鸞袖如迴雪於是粉黛弛兮玉質粲珠簪挺兮緇

髮亂然後飾笄整髮被纖垂縈同服騈奏合體
齊聲進退無差若影追形

終南山賦

伊彼終南巋巀嶙囷槩青宮觸紫宸嶔崟鬱律
萃于霞芬曖䁥晻靄若鬼若神傍吐飛瀨上挺
脩林立泉落落密陰沉沉榮期綺季此焉恬心
三春之季孟夏之初天氣肅清周覽八隅皇鑾
鸑鷟爲警乃前驅尔其珎怪碧玉挺其阿密房
溜其巔翔鳳哀鳴集其上清水泌流注其前
彭祖宅以蟬脫安期饗以延年唯至德之爲美

我皇應福以來臻掃神壇以告誠薦珎馨香以祈
仙嗟茲介福永終億年

浮淮賦　魏文帝

建安十四年王師自譙東征大興水運浮舟萬艘時余從行始入淮口行泊東山覩師徒觀旌帆赫哉盛矣雖孝武盛唐之狩舳艫千里殆不過也乃作斯賦云

泝淮水而南邁兮泛洪濤之湟波仰巖岡之崇阻兮經東山之曲阿浮飛舟之萬艘兮建干將之銛戈揚雲旗之繽紛兮聆榜人之讙譁乃撞

金鍾爰伐雷鼓白旄冲天黄越邑邑武將奮發驍騎赫怒

又浮淮賦　王粲

從王師以南征兮浮淮水而遐逝背渦浦之曲流兮望馬丘之高澨泛洪櫓于中潮兮飛輕舟乎濱濟建衆檣以成林兮譬無山之樹藝於是迅風興濤鉦鼓若雷旌麾翳日飛雲天回蒼鷹飄逸遞相競軼凌驚波以高鶩馳駭浪波而赴質加舟徒之巧極美榜人之閑疾白日未移前驅已届群帥按部左右就隊軸轤千里名卒億

計運竝威以赫怒清海隅之帶芥濟元勳於一
舉垂休績乎遠裔

述行賦　曹植

尋曲路之南隅觀秦政之驪墳哀黔首之罹毒
酷始皇之爲君濯余身于秦井律湯液之若焚

大暑賦　王粲

惟林鍾之季月重陽積而上升喜潤土之溽暑
扇溫風而至興獸狼望以倚喘鳥垂翼而弗翔
遠昆吾之中景天地翕其同光征夫瘼於原野
處者困於門堂患衽席之焚灼譬烘燎之在床

起屏營而東西欲避之而無方仰庭槐而嘯風風既至而如湯於是帝后順時幸九嵕之陰岡託甘泉之清野御華殿於林光潛廣室之邃宇激寒流於下堂重屋百增垂蔭千廡九闥洞開周帷高舉堅氷常奠寒饌代叙

又大暑賦　劉楨

其爲暑也羲和總駕發扶木太陽爲輿達炎燭靈威參垂步朱轂赫赫炎天列列暉暉若熾燎之附體又温泉而沉肌欬喘氣於室景鳥戢翼於高危農畯捉鎛而去疇織女釋杼而下機温

風至而憎熱歊悒悒而無依披襟領而長嘯冀微風之來思

又羽獵賦　王粲

相公乃乘輕軒駕四駱拊流星屬繁弱選徒命士威興揭作旌旗雲擾鋒刃林錯揚輝吐火曜野蔽澤山川於是乎摇蕩草木爲之摧落禽獸振駭寃亡氣奪舉首觸絲摇足遇撻陷心裂胃潰頸破頰鷹犬競逐奕奕霏霏墜者若雨僵者若坻清野滌原莫不殲夷

靈河賦　應瑒

咨靈川之遐源兮于崑崙之神丘凌增城之陰隅兮賴后土之潛流衝積石之重險兮披山麓之隘浮蹶龍黃而南邁兮紆鴻體而因流涉津洛之阪泉播九道乎中州汾湏涌而騰騖兮恒亹亹而徂征肇乘高而迅逝兮陽侯沛而震驚

白髮賦　　左思

星星白髮生於鬢垂雖非青蠅穢我光儀策名觀國以此見疵將拔將鑷好爵是縻白髮將拔惄然自訴稟命不幸值君年莫偪迫秋霜生而皓素始覽明鏡惕然見惡朝生晝拔何罪之故

予觀橘柚一皜一曄貫其素華匪尚緑葉顏戢子之手攝子之鑷咨尔白髮觀世之途靡不追榮貴華賤枯赫赫閭閻藹藹紫廬弱冠求仕童髫獻謨甘羅秉軫子奇剖符英英終賈高論雲衢拔白就黒此自在吾白髮臨拔瞋目號呼何我之冤何子之娛甘羅自以辨惠見稱不以髮黒而名著賈生自以良才見異不以烏鬢而後舉聞之先民國用老成二老歸周周道肅清四皓佐漢漢德光明何必去我然後要榮咨尔白髮事故有以尔之所言非不有理曩貴耆老今

薄舊齒皤皤榮期皓首田里雖有二毛河清難
俟隨時之變見歎孔子髮乃辭盡誓以固窮昔
臨玉顏今從飛蓬髮膚至眤尚不克終聊用擬
辭比之國風

遊後園賦　謝朓

積芳兮選木幽蘭兮翠竹上蕪蕪兮陰景下田
田兮被谷左蕙畹兮彌望右芝原兮寫目山霞
起而削成水積明以經復於是敞風閨之藹藹
聳雲館之迢迢周步檐以升降對玉堂之沉寥
尒乃日栖榆柳霞照夕陽孤蟬已散去鳥成行

惠氣湛兮帷殿肅清陰起兮池館凉

枯樹賦　庾信

殷仲文風流儒雅海内知名代異時移出爲東陽太守常忽忽不樂顧庭槐而歎曰此樹婆娑生意盡矣至如白鹿貞松青牛文梓根柢盤魄山崖表裏桂何事而銷亡桐何爲而半死昔之三河徙殖九畹移根開花建始之殿落實睢陽之園聲含嶰谷曲抱雲門將雛集鳳比翼巢鴛臨風亭而唳鶴對月峽而吟猨乃有拳曲擁腫盤坳反覆熊彪顧盼魚龍起伏節豎一作樹山連

文橫水蹙匠石驚視公輸眩目雕鐫始就剞劂
仍加平鱗鏟甲落角摧牙重重碎錦片片真花
紛披草樹散亂烟霞若夫松子古度平仲君遷
森梢百頃槎枿千年秦則大夫受職漢則将軍
坐焉莫不苔埋菌壓鳥剝蟲穿低垂於霜露撼
頓於風塵東海有白木之廟西河有枯桑之社
北陸以楊葉爲關南陵以梅根作冶小山則叢
桂留人扶風則長松繫馬豈獨城臨細柳之上
塞落桃林之下若乃山河阻絶飄零離别拔本
垂淚傷根流血火入空心膏流斷節橫洞口而

欹卧頓山要而半折文袤者合體俱碎理正者中心直裂戴癭銜瘤藏穿抱穴木魅賜一作睒睅山精妖孽況復風雲不感羈旅無歸未能採葛還成食薇沉淪窮巷蕪沒荆扉既傷搖落彌嗟變衰淮南云木葉落長年悲斯之謂矣乃爲歌曰建章三月火黄河千里槎若非金谷滿園樹即是河陽一縣花桓大司馬聞而歎曰昔年移柳依漢南今看搖落悽愴江潭樹猶如此人何以堪一本木魅睅睒山精妖孽在青沍斷節之下橫洞口而欹卧之上

古文苑卷第三

古文苑卷第四

詩

柏梁詩

漢武帝元封三年作柏梁臺詔群臣二千石有能爲七言詩乃得上座

日月星辰和四時皇帝驂駕駟馬從梁來梁王郡國士馬羽林材大司馬摠領天下誠難治丞相和撫四夷不易哉大將軍刀筆之吏臣執之御史大夫撞鐘伐鼓聲中詩太常宗室廣大日益滋宗正周衛交戟禁不時衛尉摠領從官柏梁臺光祿勳平理請讞决嫌

疑廷尉修飭輿馬待駕來大僕群國吏功差次之大鴻臚乘輿御物主治之少府陳粟萬石揚呂箕大司農徼道宮下隨討治金吾三輔盜賊天下先左馮翊盜阻南山為民災右扶風外家公主不可治京兆尹椒房率更領其材詹事蠻夷朝賀常舍其典屬國柱枅薄櫨相枝持大匠枇杷橘栗桃李梅太官令走狗走兎張罝罘上林令齧妃女脣甘如飴郭舍人迫窘詰屈幾窮哉東方朔

古梁父吟中都縣有田彊古冶子墓案三士皆齊人

步出齊城門遙望蕩陰里里中有三墓累累正

相似問是誰家墓田強古冶子力能排南山文
能絶地紀一朝被讒言二桃殺三士誰能爲此
謀國相齊晏子

録別詩　李陵

有鳥西南飛熠熠似蒼鷹朝發天北隅暮聞日
南陵欲寄一言去託之牋綵繒皀風附輕翼以
遺心蘊蒸鳥辭路悠長羽翼不能勝意欲從鳥
逝駑馬不可乘

爍爍三星列拳拳月初生寒凉應節至蟋蟀夜
悲鳴晨風動喬木枝葉日夜零遊子暮思歸塞

耳不能聽遠望正蕭條百里無人聲豺狼鳴後園虎豹步客庭遠處天一隅苦困獨零丁親人隨風散歷歷如流星三萃離不結思心獨屏營願得萱草枝以解飢渴情

寂寂君子坐奕奕合衆芳温聲何穆穆因風動馨香清言振東序良時著西庠乃命絲竹音列席無高唱悲意何慷慨清歌正激揚長哀發華屋四坐莫不傷

晨風鳴北林熠燿東南飛願言所相思日暮不垂帷明月照高樓想見餘光輝玄鳥夜過庭髣

歸能復飛褰裳路踟躕彷徨不能歸浮雲日千
里安知我心悲思得瓊樹枝以解長渴飢
陟彼南山隅送子淇水陽爾行西南游我獨東
北翔轅馬顧悲鳴五步一彷徨雙梟相背飛相
遠日已長遠望雲中路想見來圭璋萬里遙相
思何益心獨傷隨時愛景耀願言莫相忘
鍾子歌南音仲尼歎歸與戎馬悲邊鳴遊子戀
故廬陽鳥歸飛雲蛟龍樂潛居人生一世間貴
與願同俱身無四凶罪何為天一隅與其苦筋
力必欲榮薄軀不如及清時策名於天衢

鳳皇鳴高岡有翼不好飛安知鳳皇德貴其來
見稀 闕

紅塵蔽天地白日何冥冥 闕

荅詩　蘇武

童童孤生柳寄根河水泥連翩遊客子千冬服
涼衣去家千里餘一身常渴飢寒夜立清庭仰
瞻天漢湄寒風吹我骨嚴霜切我肌憂心常慘
戚晨風爲我悲瑶光游何速行願支何遲仰視
雲間星忽若割長帷低頭還自怜盛年行已衰
依依戀明世愴悢難久懷

別李陵

雙鳧俱北飛一鳧獨南翔子當留斯館我當歸故鄉一別如秦胡會見何詎央愴悢切中懷不覺淚沾裳願子長努力言笑莫相忘

臨終詩　孔融

言多令事敗器漏苦不密河潰蟻孔端山壞由猿穴涓涓江漢流天窗通冥室讒邪害公正浮雲翳白日靡辭無忠誠華繁竟不實人有兩三心安能合爲一三人成市虎浸漬解膠漆生存多所慮長寢萬（一作方）事畢

離合作郡姓名字詩

漁父屈節水潛匿方與旹進止出行施張呂公
磯釣盍口渭旁九域有聖無土不王好是正直
女囘子匡海外有截隼逝鷹揚六翮將奮羽儀
未彰虵龍之蟄俾也可忘玟琁隱曜美玉韜光
無名無譽放言深藏接轡安行誰謂路長

六言詩三首

漢家中葉道微董卓作乱乘衰僭上虐下專威
萬官惶怖莫違百姓慘慘心悲
郭李分爭爲非遷都長安思歸瞻望關東可哀

憂想曹公歸來

從洛到許，巍巍曹公。憂國無私，減去廚膳甘肥。羣僚率從，祈祈雖得俸祿常飢。念我苦寒心悲。

雜詩二首

巖巖鍾山首，赫赫炎天路。高明曜雲門，遠景灼寒素。昂昂累世士，結根在所固。呂望老匹夫，苟爲因世故。管仲小囚臣，獨能建功祚。人生有何常，但患年歲暮。幸記（一作託）不肖軀，且當猛虎步。安能苦一身，與同舉厝。田不慎小節，庸夫笑我度。呂望尚不希，夷齊何足慕。

遠送親行客歲暮乃來歸入門望愛子妻妾向
人悲聞子不可見日已潛光輝孤墳在西北常
念君來遲蹇裳上墟丘但見蒿與薇白骨歸黃
泉肌骨乘塵飛生時識父死　知我誰孤寃遊
窮暮飄飖安所依人生圖畫息爾死我念追俛
仰內傷心不覺淚沾衣人生自有命但恨生日
希

木蘭詩 不知名浙江西道觀察使兼御史中丞韋元甫闡續附入

促織何唧唧木蘭當户織不聞機杼聲唯聞女
歎息問女何所思問女何所憶女亦無所思女

亦無所憶昨夜見軍帖可汗大點兵軍書十二
卷卷卷有耶名阿耶無大兒木蘭無長兄願爲
市鞍馬從此替耶征東市買駿馬西市買鞍韉
南市買轡頭北市買長鞭旦辭耶孃去暮宿黃
河邊不聞耶孃喚女聲但聞黃河流水鳴濺濺
旦辭黃河去暮宿黑山頭不聞耶孃喚女聲但
聞燕山胡騎聲啾啾萬里赴戎機關山度若飛
朔氣傳金柝寒光照鐵衣將軍百戰死壯士十
年歸歸來見天子天子坐明堂策勳十二轉賞
賜（一作賜物）百千強可汗問所欲木蘭不用尚書郎

樂府作欲與木蘭賞不願尚書郎 願馳千里足送兒還故鄉耶孃聞女來出郭相扶將阿姊聞妹來當户理紅粧小弟聞姊來磨刀霍霍向猪羊開我東閣門坐我西閣床脫我戰時袍着我舊時裳當窻理雲鬢掛鏡帖花黃出門看火伴火伴皆驚忙同行十二年不知木蘭是女郎雄兎脚撲握一作朔雌兎眼彌一作迷離雙一作兩兎傍地走安一作焉能辨我是雄雌

嘲熱客

平生三伏時道里無行車閉門避暑卧出入不

相過只个褦襶子觸熱到人家主人聞客來嚬
蹙奈此何謂當起行去安坐正咨嗟所說無一
急喈喈吟何多搖扇髀中疾流汗正滂沲莫謂
為小事亦是人一瑕傳戒諸高明勢行宜見呵

齊梁詩四十五篇

侍遊西方山應詔

巡蠲望登年悵飲臨秋縣日羽鏡霜潯雲旗落
風甸四瀛良在目八寓婉如見小臣竊自嘉頹

奉栢梁讌

遊仙詩

桃李不奢年桑榆多暮節常恐秋蓬根連翩因
風雪習道遍槐岻追仙度瑶碣緑帙啓真詞丹
經流妙説長河且已縈曾山方可礪
獻歲和風起日出東南隅鳳旍 亂煙龍駕溢
雲區結賞自貟嶠移讌乃方壺金卮浮水翠玉
觴掩泉珠徒用 霜露改然天地俱
命駕瑶池隈過息嬴女臺長袖何靡靡簫管清
且哀璧門涼月舉珠殿秋風迴青鳥鶩高羽王
母停玉盃舉手暫為别千年將復來
湘沅有蘭沚洎吾欲南征遺珮長出浦舉袂望

增城朱霞拂綺樹白雲照金楹五芝多秀色八
桂常冬榮弭節且夷與參差聞鳳笙
命駕隨所即燭龍導輕驪沙澤振寒草弱水駕
氷潮遠翔馳聲響流雪自飄飖忽與若　者長
舉入雲霄羅澤徒有睨鷦明已寥寥

奉和南海王殿下詠秋胡妻

日月共為照松筠俱以貞佩分甘自遠結鏡待
君明且恊金蘭好方愉琴瑟情佳人忽千里幽
閨積思生

其一

景落中軒坐悠悠望城闕高樹升夕煙曾樓蒲

初月光陰非或異川山屢難越輟泣捨弃鉛姿搔

首亂雲髮

其二

傾魂屢組火搖念待方秋涼氣承宇結明熠傣

堦流三星亦虛映四屋慘多愁　思如萱草一

見乃忘憂

其三

杼柚欝不諧弃闊彌新故翔翔風欄上發寒鳥林

閒度客遠乏衣裘歲晏饒霜露參差與别緒依

遲起離慕

其四

願言如何行信邁亦云反睇景不告勞瞻途寧
邃遠何以淹歸轍蠶妾事春晚送目亂前華馳
心迷舊婉

其五

椒珮容有結振芳跂路隅黃金徒以賦白珪終
不渝明心良自皎安用久踟躕遄速反於巷流
目下西虞

其六

栖玄寺聽講畢遊邸園

道勝業茲遠心閑地能隟桂掩鬱初裁蘭墀坦
將闢虛檐對長嶼高軒臨廣液芳草列成行嘉
樹紛如積流風轉還逕清煙泛喬石日泊山照
紅松暎水華碧暢哉人外賞遲遲眷西夕

別蕭諮議　任殿中昉

離燭有窮輝別念無終緒歧言未及申離目已
先舉揆景至衡阿臨風長楸渚浮雲難嗣音徘
徊悵誰與儻有關外驛聊訪狎鷗渚

王延

霏雲承永夜皓燭鶩離軒執酒愴誰舉袖默
何言忽茲君爲別如此歲方暄年深北岫時鳥
思南國園江上愁別日階下樹芳蓀

宗記室史

別酒正參差乖情將陸離悵焉臨桂苑憫默瞻
華池輕雲流惠采時雨亂清漪眇眇追蘭逕攸
攸結芳枝眷言終託何心寄方在斯

蕭諮議衍

問我去何節光風正悠悠蘭華時未晏舉袂徒
離憂緩客承別酒鳴琴和好仇清宵一巳曙藐

爾泛長洲眷言無歇緒深情附還流

蕭記室深前夜以醉乖例今晝由醒敬應

教

落日揔行轡薄別在江干遊客無淹期長洲有急瀾分手信云易相思誠獨難之子兩特達伊余日盤桓 此式微歲共賞階前蘭

別蕭諮議又一首

徘徊将所愛昔別在河梁衿袖三處隔江山千里長寸心無遠近邊地有風霜勉哉勤歲暮敬矣事容光山川殊未懌杜若空爲芳

和王友古意二首 沈石率等並和數十人文多不載

遊禽暮知反行人獨未歸坐銷芳草氣空度明月暉嚬容入朝鏡思淚點春衣巫山采雲合湛上綠條晞待君竟不至秋鴈雙雙飛

霜氣下盟津秋風度函谷念君凄已寒當軒卷羅縠纖手廢裁縫曲鬢罷膏沐千里不相聞寸心鬱紛蘊况復飛螢夜木葉亂紛紛

餞謝文學離夜

漢池水中帶巫山雲似蓋瀄汨背吳湖潺湲橫楚瀨一望沮漳水寧思江海會以我徑寸心從

君千里外

沈率約

差池鶯始飛羃歷草初輝離人悵東顧遊子去西歸清潮已架渚溽露復沾衣一乖當春聚方掩故園扉

虞𩦸部

陽臺霧初解夢渚水裁淥遠山隱且見平沙斷還續分絃饒苦音別唱多凄曲爾拂後車塵我事東臯粟

范通直雲

春夜別清樽江潭復為客歎息東流水如何故鄉陌重樹始芬蒀芳洲轉如積望望荆臺下歸夢相思夕

謝文學

所供共歌笑誰忍別笑歌離軒思黃鳥分渚蔓青莎翻情結遠旆灑淚與行波春江夜明月還望情如何

王中書

執手無還顧別渚有西東荆吴眇何際煙波千里通春筍方解籜弱柳向低風相思將安寄悵

望南飛鴻

蕭記室

汀洲千里芳朝雲萬里色悠悠在天隅之子去
安極春潭無與窺秋臺誰共陟不見一佳人徒
望西飛翼

寒晚敬和何徵君點　劉中書

踈酌候冬序閑琴攺秋律如何將暮天復值西
歸日揺落迎軒牖飛鳴亂繩䈥煙灌共深隂風
篁兩蕭瑟虛堂無笑語懷君首如疾早輕北山
賦晚愛東臯逸上德可潤身下澤有徐轡

別王丞僧

首夏實清和餘春滿郊甸花樹雜爲綿月池皎如練如何如此時別離言與面留雜巳鬱紆行舟亦遥衍非君不見思所悲思不見

學古貽王中書　范通直雲

攝官青瑣闥遥望鳳凰池誰言相去遠脉脉阻光儀岱山饒靈異沂水富英奇獨嗣凌北海飜飛出南皮遭逢聖明后來棲桐樹枝竹花何莫莫桐葉何離離可栖復可食此外亦何爲豈如顛顏者一粒有餘貲

雜體報范通直

和璧荆山下隨珠漢水濵無覆自昔代有美今
爲隣三楚多才士江上復才人緯綃非善貫聖
德可名臣追飛且學步共子奉清塵紫庭風日
好青槐枝葉新徘徊吹樓側欲見心所親[illegible]君
蘭蕙草何用以書紳

賦物爲詠得幔　謝文學

幸得與君綴幂歷君之楹月暎不辭卷風來輙
自輕每聚金鑪氣時駐玉琴聲但願置樽酒蘭
釭當夜明

琵琶　王中書

抱月如可明懷風殊復清絲中傳意緒花裏寄春情掩抑有奇態悽鏘多好聲芳袖幸時拂龍門空自生

箎　沈右軍

江南簫管地妙響發孫枝殷勤寄玉指含情舉復垂雕梁再三繞輕塵四五移曲中有深意丹心君詎知

奉和月下

雕雲度綺錢香風入珠網獨知此夜月依遲慕

神賞

奉和秋夜長

秋夜長夜長樂未央舞袖拂花燭歌聲繞鳳梁

四色詠

赤如城霞起青如松霧徹黑如幽都雲白如瑶池雪

奉和纖纖

兩頭纖纖綺上紋半白半黑鷰翔羣膈膈膊膊烏迷矄磊磊落落玉石分

奉和代徐

自君之出矣芳蕙絕瑶巵思君如形影寢興未曾離

并代徐

自君之出矣金爐香不然思君如明燭中宵空自煎

詠梧桐

鸞鳳影層枝輕虹鏡展綠豈數龍門幽直慕瑶池曲

和王中書劉中書

露庭晚翻積風閨夜入多縈蘘似亂蝶拂燭狀

聯蛾

阻雪連句遥贈和　謝文學朓

風庭舞流霰冰池結文澌飲春雖以燠欽賢紛若馳

江秀才華

珠雲條間響玉霤閤下垂柸酒不相接寸心良共知

歌

淋池歌使宮人歌之　漢昭帝

秋素景兮泛洪波揮纖手兮折芰荷涼風凄凄

楊棹歌雲光開曙月低河萬歲爲樂豈云多

黄鵠歌　　　　昭帝

始元元年黄鵠下太液池上爲歌曰

黄鵠飛兮下建章羽肅肅兮行蹌蹌金爲衣兮菊爲裳唼喋荷荇出入蒹葭自顧菲薄愧爾嘉祥

招商歌　　　　後漢靈帝

涼風起兮日照渠青荷晝偃葉夜舒惟日不足樂有餘清絲流管歌玉梟千年萬歲喜難踰

曲

落葉哀蟬曲　漢武帝

羅袂兮無聲玉墀兮塵生虚房冷而寂寞落葉依於重扃望彼美之女兮安得感余心之未寧

古文苑卷第四

古文苑卷第五

勑

漢高祖手勑太子

吾遭亂世當秦禁學自喜謂讀書無益洎踐祚以來時方省書乃使人知作者之意追思昔所行多不是又云堯舜不以天下與子而與它人此非爲不惜天下但子不中立耳人有好牛馬尚惜況天下耶吾以尒是元子早有立意群臣咸稱汝友四皓吾所不能致而爲汝來爲可任大事也今定汝爲嗣又云吾生不學書但讀書

問字而遂知耳以此故不大工然亦足自辭解令視汝書猶不如吾汝可勤學習每上疏宜自書勿使人也又云汝見蕭曹張陳諸公侯吾同時人倍年於汝者皆拜并語於汝諸弟又云吾得疾遂困以如意世子相累其餘諸兒皆自足立哀此兒猶小也

啓

晉明帝啓元帝

臣紹言伏蒙吉日沐頭老壽多宜謹拜表賀表畬云春正月沐頭至今大垢臭故乃沐尒得啓

知汝孝愛當如今言父子享祿長生也又啓云
沐久勞極不審尊體何如富云去垢甚佳身不
極勞也

狀

掾臣條屬臣准書佐臣謀弘農太守上祠
西岳乞差一縣賦發復華下十里以内民
租田口筭狀

樊毅

光和二年十二月庚午朔十三日壬午弘農太
守臣毅頓首死罪尚書臣毅頓首頓首死罪死

罪謹按文書臣以去元年十一月到官其十二月奉祠西岳華山省視廟舍及齋衣祭器率皆久遠有垢故會不修太室春秋示譏臣以神岳至尊宜加恭肅輒遣行事荀班與華陽令先讜以漸繕治成就之後仍雨甘雪澍潤宿麥惠滋黎庶臣即日以詔書齋祀雪未消澤時日清和神親民喜（親一作歡）誠聖朝勞神日昃廣被四表覆育之德神人被施遐邇大小莫不幸甚臣毅頓首頓首死罪死罪讜又書言縣當孔道加奉尊岳一歲四祠養牲百日常當充肥用穀藁三

千餘斛或有請雨齋禱役費兼倍每被詔書調發無差山高聽下恐近廟小民不堪役賦有飢寒之窘違宗神之敬乞差諸賦役復華下十里以内民租田口業以寵神靈廣祈多福隆中興之祚臣輒聽行盡力奉宣詔書思惟惠利增異復上臣毅誠惶誠恐頓首頓首死罪死罪上尚書

書

詣丞相公孫弘記室書　董仲舒

江都相董仲舒叩頭死罪再拜上言君侯以周

召自然休質擢升（又作拜）三公統理海内總緝百寮未有半言之教郡國翕然望風更思改新以助至治群衆所占必有成功仲舒叩頭死罪仲舒愚戇素無治名大漢之撿式數蒙君侯哀憐之恩猥被非任無以稱職仲舒叩頭死罪仲舒竊見宰職任天下之重羣心所歸惟須賢佐以成聖化願君侯大開蕭相國求賢之路廣選舉之門既得其人接以周公下士之義即奇偉隱世異倫之人各思竭愚歸往盛德英俊滿朝百能備具即君侯大立則道德弘通（一作裕）化流四

極仲舒愚陋經術淺薄所識褊陋不能贊揚万
分君侯所弃捐竊聞春秋曰賢聖博觀以章其
名擇善者從之無所不聽又曰近而不言爲諂
遠而不言爲怨故輒披心陳誠仲舒叩頭死罪
死罪夫堯舜三王之業皆由仁義爲本仁者所
以理（一作序）人倫也故聖王以爲治首或曰發號
出令利天下之民者謂之仁政疾天下之害於
人（一作心）者謂之仁心二者備矣然後海内應以
誠惟君侯深觀往古思本仁義至誠而已方今
關東五穀咸貴家有飢餓其死傷者半盜賊並

起發之不止良民被害爲聖主憂咎皆由仲舒等典職防禁無素當先坐仲舒叩頭死罪死罪仲舒至愚以爲扶衰止姦本在吏耳宜一考察天下領民之吏留心署置以明消滅邪枉之迹使百姓各安其産業無有寇盜之患以蠲主憂仲舒叩頭死罪謹奉春秋署置術再拜君侯足下

答劉歆書　揚雄

雄叩頭賜命謹至又告以田儀事事窮竟白案顯出甚厚甚厚田儀與雄同鄉里幼稚爲鄰長

艾相愛視覩動精采似不爲非者故舉至之雄之任也不意滛迹暴於官朝今舉者懷赦而低眉任者含聲而寃舌知人之德堯猶病諸雄何慙焉叩頭叩頭又勑以殊言十五卷君何由知之謹歸誠底裏不敢違信雄少不師章句亦於五經之訓所不解常聞先代輶軒之使奏籍之書皆藏於周秦之室及其破也遺棄無見之者獨蜀人有嚴君平臨卭林閭翁孺者深好訓詁猶見輶軒之使所奏言翁孺與雄外家牽連之親又君平過誤有以私遇少而與雄也君平財

有千言耳翁孺梗概之法略有翁孺往數歲死
婦蜀郡掌氏子無子而去而雄始能草文先作
縣邸銘王佴頌階闥銘及成都城四隅銘蜀人
有楊莊者爲郎誦之於成帝成帝好之以爲似
相如雄遂以此得外見此數者皆都水君常見
故不復奏雄爲郎之歲自奏少不得學而心好
沈博絶麗之文願不受三歲之奉且休脱直事
之繇得肆心廣意以自克就有詔可不奪奉令
尚書賜筆墨錢六萬得觀書於石渠如是後一
歲成帝作繡補靈節龍骨之銘詩三章成帝好

之遂得盡意故天下上計孝廉及内郡衛卒會者雄常把三寸弱翰齎油素四尺以問其異語歸即以鉛摘次之於槧二十七歲於今矣而語言或交錯相反覆方論思詳悉集之燕其疑張伯松不好雄賦誦之文然亦有以奇之常爲雄道言其父及其先君喜典訓屬雄以此篇目頗示其成者伯松曰是縣諸日月不刊之書也又言恐雄爲太玄經由鼠坻之與牛場也如其用則實五稼飽邦民否則爲抵糞棄之於道矣而雄般之伯松與雄獨何德慧而君與雄獨何譖

隙而當匿哉乎其不勞戎馬高車令人君坐幃
幙之中知絶遐異俗之語典流於昆嗣言列於
漢籍誠雄心之所絶極至精之所想遘也扶聖
朝遠照之明使君求此如君之意誠雄散之之
會也死之日則今之榮也不敢有貳不敢有愛
少而不以行立於鄉里長而不以功顯於縣官
者訓此於帝籍但言詞情覽翰墨爲士誠欲崇
而就之不可以遺不可以忘即君必欲脅之以
威陵之以武欲令入之於此此又未定未可以
見令君又終之則縊死以從命也而可且寬假

延期必不敢有愛雄之所爲得使君輔貢於明朝則雄無恨何敢有匿唯執事圖之長監所規繡之就死以爲小雄敢行之謹因還使雄叩頭叩頭

遺令書四首　　酈炎

維熹平六年冬十二月乃裂裳書白嚴考之神坐炎荷天之罪以致于死殁身黴有知炎之歸覲在旦夕之間耳若其無知將何面目少見靈媿哉其自即安其自愛臣去矣亂矣永滅亡矣

白老毋無懷憂懷憂何爲無增悲增悲何施寒
必厚衣無炎誰爲毋厚衣暑必輕服無炎誰爲
毋輕服弃炎無念此常厚衣不尤不怨此常輕
服矣聖人達於死生賢者力而慕之炎之中心
私有所慕每讀漢書楊王孫裸葬班固以爲賢
於秦始皇意常壯之然裸以見先人若炎不爲
也其布巾取覆頭布衣用蔽形具棺取容身鑿
地取容棺若獲罪於衆耶石槨速朽蠲其罪哉
堅固不加喪葬無瀆先君之兆域必於瘠确之
處而已呼甘陵夫人共居也

白與讓考喪早葬去讓之等元昆勉之以老母
相累不可使老母無曹也加供養謝嫂以老母
相託若死者復知必使其言不愧嗟哉邈之遺
孤其名曰止戈汝長自爲之寧咨尒止戈汝未
有所識吾謂汝有所識其先見汝耳汝未有所
聞吾猶謂汝耳有所聞而告汝人之喪也非父
則母非昆則弟非姊則妹人之孤也亂齒其少
矣汝之孤也曾未滿兩旬汝無自以爲微弱物
有微弱於汝者乃其長而繁焉后稷弃之寒氷
隘巷矣汝比之猶逸焉於菟之在虎乳極矣汝

比之猶易焉乃終不在乃始在在懼惟生無懼
管蔡之逸厥終乃不逸之易厥終不易言咨嗟
止戈汝能言則讃之頤言汝能行則履我之所
訓剛焉柔焉弱焉強焉學焉愚焉仕焉隱焉懼
汝身之不柔可不厲汝以剛乎懼汝之剛可不
厲以柔乎懼汝之弱可不訓汝以強懼汝之愚
可不昌汝以學懼汝身之可不昌汝以愚乎懼
汝身之隱可不敕汝以仕乎消息汝躬調和汝
體思乃考言念陋考訓必博學以著書以續受
父母之業我十七而作勵篇二十四而卅書矣

二十七而作七平矣其賦誦誄自少爲之苟吾
戒汝尅從祭爲甘苟示試汝克違梁莫爲苦汝
無逸于立無湎于酒無安于忍事君莫如忠事
親莫如孝朋友莫如信脩身莫如禮汝哉其勉
之下邳衛府君我之諸曹掾督郵濟北甯府君
我由之成就陳留韓府君察我孝廉陳留楊使
辟我右北平從事從事祭酒今我溺于地下思
恩則孤而靡報汝有可以倒戟背戈無孤之矣
陳留蔡伯喈與我初不相見吾仰之猶父不敢
以爲兄彼必愛以爲弟九江盧府君吾父事之

張公哀張子傳幼業王延壽王子衍之朋友也鮮于中優吾先姑之所出也若不足焉汝苟足往而朝覲之汝不敏往從之學焉汝苟往取任焉咨尒止戈吾蔑復有言焉其永覽于此

曹公與楊太尉書論刑楊脩

操白與足下同海內大義足下不遺以賢子見輔比中國雖靖方外未夷今軍征事大百姓騷擾吾制鐘鼓之音主簿宜守而足下賢子恃豪父之勢每不與吾同懷即欲直繩顧頗恨恨謂其能改遂轉寬舒復即宥貸將延足下尊門大

累便令刑之念卿父息之情同此悼楚亦未必
非幸也謹贈足下錦裘二領八節角挑杖一枝
官絹五百匹錢六十万四望通幰七香車一乘
青特牛二頭八百里驊騮馬一匹赤戎金裝鞍
轡十副鈴苞一具驅使二人并遺足下貴室錯
綵羅縠裘一領織成韡一量有心青衣二人長
奉左右所奉雖薄以表吾意足下便當慨然承
納不致往返

楊太尉荅曹公書

彪白雅頥隆篤每蒙接納私自光慰小兒頑鹵

謬見采録不能期効以報所愛方今軍征未暇其備位匡政當與戮力一心而寛玩自稽將違法制相子之行莫若其父恒慮小兒必致傾敗足下恩恕延罪迄今近聞問之日心腸酷裂凡人情誰能不尒深惟其失用以自釋所患馬及雜物自非親舊孰能至斯省覽衆賜益以悲懼

曹公卞夫人與楊太尉夫人袁氏書

卞頓首貴門不遺賢郎輔佐每感篤念情在凝至賢郎盛德熙妙有蓋世文才闔門欽敬寶用無已方今騷擾戎馬屢動主簿股肱近臣征伐

之計事須敬咨官立金鼓之節而聞命違制明
公性急忿然在外輙行軍法卞姓當時亦所不
知聞之心肝塗地驚愕斷絶悼痛酷楚情自不
勝夫人多容即見垂恕故送衣服一籠文絹百
匹房子官錦百斤私所乘香車一乘牛一頭誠
知微細以達往意望爲承納

楊太尉夫人袁氏荅書

彪袁氏頓首頓首路跂雖近不展淹久歎想之
勞情抱山積曹公匡濟天下遐邇以寧四海歸
仰莫不感戴小兒疏細謬蒙采拾未有上報果

自招罪戾念之痛楚五内傷裂尊意不遺伏辱
惠告見明公與太尉書具知委曲度子之行不
過父母小兒違越分應至此怜其始立之年畢
命埃土遺育孤幼言之崩潰明公所賜已多又
加重賚禮頗非宜荷受輒付往信

對

郊祀對　董仲舒

廷尉臣湯昧死言臣湯承制以郊事問故膠西
相仲舒臣仲舒對曰所聞古者天子之德莫重
於郊郊常以正月上辛日者所以先百神而最

居前禮三年喪不祭其先而不敢廢郊郊重宗廟天尊於人也王制曰祭天地之牛角繭栗宗廟之牛角尺此言德滋美而牲滋微也春秋曰魯祭周公用白牡色白貴純也帝牲在滌三月牲貴肥潔而不貪其大也凡養牲之道務在肥潔而已駒犢未能芻秩之食莫如令食其母便臣湯謹問仲舒魯周公用白牡非禮也臣仲舒對曰禮也臣湯問周天子用騂剛群公不毛周公諸侯何以得純牲臣仲舒對曰武王崩成王幼而在襁褓之中周公繼文武之業成二聖之

功德漸天地澤被四海故成王之詩曰無德不報故成王使祭周公以白牡上不得與天子同色下有異於諸侯臣仲舒以爲報德之禮臣湯問仲舒天子祭天諸侯祭土魯何緣以祭郊臣仲舒對曰周公傅成王遂及聖功莫大於此周公聖人也有祭於天道成王令魯郊也臣湯問仲舒魯祭周公用白牡其郊何用臣仲舒對曰周色尚赤魯以天子命郊故以騂臣湯問仲舒祠宗廟或以鶩當鳧可用不臣仲舒對曰鶩飛鳧也臣聞孔子入太廟每事問慎之至也陛下

祭躬親齋戒沐浴以承宗廟甚敬謹柰何以㒒當鶩爲鶩當㒒名實不相應以承太廟不亦不稱乎臣仲舒愚以爲不可臣犬馬齒衰賜骸骨伏陋巷陛下乃奉使九卿問臣以朝廷之事臣愚陋曾不足以承明詔奉大對臣仲舒冒死以聞

雨雹對

元光元年七月京師雨雹鮑敞問董仲舒曰雹何物也何氣而生之仲舒曰陰氣脅陽氣天地之氣陰陽相半和氣周廻朝夕不息陽德用事則和氣皆陽建巳之月是也故謂之正陽之月

陰德用事則和氣皆陰建亥之月是也故謂正陰之月十月陰雖用事而陰不孤立此月純陰疑於無陽故謂之陽月詩人所謂日月陽止者也四月陽雖用事而陽不獨存此月純陽疑於無陰故亦謂之陰月自十月以後陽氣始生於地下漸冉流散故言息也陰氣轉收故言消也日夜滋生遂至四月純陽用事自四月以後陰氣始生於天上漸冉流散故云息也陽氣轉收故言消也日夜滋生遂至十月純陰用事二月八月陰陽正等無多少也以此推移無有差慝

運動抑揚更相動薄則薰蒿歊蒸而風雨雲霧電雷雪雹生焉氣上薄爲雨下薄爲霧風其噫也雲其氣也雷其相擊之聲也電其相擊之光也二氣之初蒸也若有若無若實若虛若方若圓攢聚相合其體稍重故雨乘虛而墜風多則合速故雨大而踈風少則合遲故雨細而密其寒月則雨凝於上體尚輕微而因風相襲故成雪焉寒有高下上暖下寒則上合爲大雨下凝爲冰霰雪是也雹霰之流也陰氣暴上雨則凝結成雹焉太平之世則風不鳴條開甲散萌而

已雨不破塊潤萊津莖而已雷不驚人號令啓發而已電不眩目宣示光耀而已霧不塞望浸淫被洎而已雪不封條凌殄毒害而已雲則五色而爲慶三色而成矞露則結味而成甘結潤而成膏此聖人之在上則陰陽和風雨時也政多紕繆則陰陽不調風發屋雨溢河雪至牛目雹殺驢馬此皆陰陽相蕩而爲祲沴之妖也敞曰四月無陰十月無陽何以明陰不孤立陽不獨存耶仲舒曰陰陽雖異而所資一氣也陽用事此則氣爲陽陰用事此則氣爲陰陰陽之時

雖異二體常存猶如一鼎之水而未加火純陰也加火極熱純陽也純陽則無陰氣息火水寒則更陰矣純陰則無陽加火水熱則更陽矣然則建巳之月爲純陽不容都無復陰也但是陽家用事陽氣之極耳薺麥枯由陰殺也建亥之月爲純陰不容都無復陽也但是陰家用事陰氣之極耳薺麥始生由陽升也其尤者葶藶死於盛夏款冬花於嚴寒水極陰而有温泉火至陽而有凉焰故知陰不得無陽陽不容都無陰也敢曰冬〻雨必暖夏雨必凉何也曰冬〻氣多寒

陽氣自上躋故人得其暖而蒸成雪矣夏氣多
暖陰氣自下昇故人得其涼而上蒸成雨矣敞
曰雨既陰陽相蒸四月純陽十月純陰斯則無
二氣相薄則不雨乎曰然則純陽純陰雖在四
月十月但月中之一日耳敞曰月中何日曰純
陽用事未夏至一日純陰用事未冬至一日朔
旦夏至冬至其正氣也敞曰然則未至一日其
不雨乎曰然頗有之則妖也和氣之中自生災
沴能使陰陽改節暖涼失度敞曰災沴之氣其
常存耶曰無也時生耳猶乎人四支五臟中也

有時及其病也四支五臓皆病也敝遷延負墻
俛揖而退

對事　　　　　　　　　酈炎

客問酈炎曰吴王曷不傳子而傳兄弟四人傳者將以致國乎季札季札不受雖有僚立闔閭之弑春秋猶以不受爲義不煞爲仁而相譚以夫差喪國咎由季札札不思上放周公之攝位而下慕曹臧之謙讓名巳細矣春秋之越豈謂介乎炎曰夫四王之輕命致國乎季子謂其能流慶百世也季子受内有篡煞之亂外致滅亡

之禍雖知潔己之可爲不惟宗廟之絕祀其痛矣問曰周制諸侯父死子繼若札從先私志受非所繼是浮行豈節義之謂與闔閭之欲國蓋緣札之雅意故曰季子雖至不吾廢也今如吾子之去則君子何稱乎炎曰光知季子仁而無權故肆意焉季子不能討是則春秋所譏仁而不武無能達也子之去公羊也公羊不以父命辭王父命以王父命辭父命不以家事辭國政衛輒拒父猶謂之可况以國治蔑弑之子乎祭仲行權公羊嘉之去君可以死易生國可以存

易亾季子不然猶何善乎此蓋公羊之失非義
之通者也周公誅二叔不爲不仁宋穆受兄國
不爲不義君子急病而讓夷故踐明堂朝諸侯
非榮其位爲時之急也以季子之才君國子民
行化四方與夫勾踐相去幾何若令向時見國
危亂慕周公急時之義思先君致國之意攝政
持統邁其威德奚翅遷都瑯琊尚征上國朝齊
宋鄭魯衛執政之君哉孔子稱可與立道未可
與權權反經而善聖之達節者也季子守節之
士故非其量度乎問者因又謂炎曰古者聖人

封建諸侯皆去百里取象於雷雷何取也炎曰易震爲雷亦爲諸侯雷震驚百里炎曰以其數知之夫陽動爲九其數卌六陰靜爲八其數卌二震一陽動二陰故曰百里間者稱善

古文苑卷第五

古文苑卷第六

頌

山川頌

董仲舒

山則巃嵸㠑嵬𡾰巍久不崩陁似夫仁人志士孔子曰山川神祇立寶藏殖器用資曲直合大者可以爲宫室臺榭上者可以爲舟輿浮灊大者無不中小者無不入持斧則斫折鑠則艾生人立禽獸伏死人入多其功而不言是以君子取辟也且積土成山無損也成其高無害也成其大小其上泰其下久長安後世無有去就儼

然獨處唯山之意詩云節彼南山惟石巖巖赫赫師尹民具爾瞻如此之謂也水則源泉混混泫泫晝夜不竭既似力者盈科後行既似持平者循微赴下不遺小間既似察者循谿谷不迷或奏萬里而必至既似知者鄣防止之能淨淨既似知命者不清而入潔清而出既似善化者赴千仞之壑而不疑既似勇者物皆困於火而水獨勝之既似武者咸得之而生失之而死既似有德者孔子在川上曰逝者如斯夫不舍晝夜此之謂也

車騎將軍竇北征頌　班固

車騎將軍應（一作膺）昭明之上德該文武之妙姿蹈佐歷握輔摻翼異肱聖上作主光輝資天心謨神明規卓遠圖幽冥親率戎士巡撫疆城勤邊御之永設奮轒（一作輔）櫓之遠徑閔遐黎之騷狄念荒服之不庭乃揔三選簡虎校勤部隊明誓號援謀夫於末言察武毅於俎豆取可杖於品象掇所用於仄陋料資器使采用先務民儀響慕羣英影附羌戎相率東胡爭騖不召而集未令而諭於是雷震九原電曜高闕金光鏡野武

旗罥蜺衝（一作衡）鷄鹿超黃磧輕選四縱所從莫
敵馳飈疾踵蹊迹探梗莽採嶰阸斷温禺分尸
逐電激私渠星流霰落名王交手（一作贄）稽顙請
服乃收其鋒鏃干鹵甲胄積象（一作豕）如丘阜陳
闐滿廣野戢載連百兩散數累万億放獲驅孥
揣城拔邑擒馘之倡九谷謠謲響聒東夷埃壓
戎域然而唱呼欝憤未逞厥願甘平原之酣戰
矜訊捷之累筭何則上將崇至仁行凱易弘濃
恩降温澤同庖廚之珍饌分裂室之纖帛勞不
御輿寒不施襗行無偏勤止無兼役惸嫠識而

愎戾順貳者畢異而懦夫奮遂踰涿邪跨復連籍庭蹈就疆獨崝嵮（一作填）轔幽山趨凶河臨安候軼焉居與虞衍顧衛霍之遺迹睋伊袟之所遡師橫騖軼而庶御士怫憒以争先田万里而風騰劉（一作劉）殘寇於沂根糧不賦而師贍役不重而備軍行戎醜以禮教炘鴻校而昭仁文武炳其並隆威德兼而兩信清乾鈞之攸冒拓織略之所順櫜弓鏃而戢戈田雙麾以東運於是封燕然以降高禮（一作禮）廣鞬以弘曠銘靈陶以勒崇欽皇祇之祐貺宣惠氣盪殘風軻泰幽嘉凝

陰飛雪譁庶其雨洒淋榛枯一握興嘉卉始農
土膏含養四行分任於是三軍稱曰亹亹將軍
克廣德心光光神武弘昭德音超兮首天潛眇
兮與神參

東巡頌　傅毅

伊漢中興三葉於皇維烈允迪厥倫纘王命續
漢興矩坤度以範物規乾則以陶鈞於是考上
帝以質中揔列宿於北辰開太微於禁庭延儒
林以諮詢于時載華抱實徵尔而造曰盛乎大
漢既重雍而襲熙代增其德維斯岳禮久而不

脩此神人之所慶幸海内之所想思頌有喬山之征典有徂岳之巡時邁其邦人斯攸勤不亦宜哉乃命大僕馴六轡閑路馬戒師徒於是乗輿登天靈之威駱駕太一之象車騁東作之上務闕

天子冠頌　黄香

以三載之孟春建寅月之上旬皇帝將加玄冠簡甲子之元辰厥日王於大皡厥時叶於百神既臻廟而成禮乃廻軫而反宫正朝服以享宴撞太簇之鞻鍾祚蕃屏而鼎轉既夷裔之君王

咸進酎于金罍獻萬年之玉觴

又東巡頌　蔡邕

竊見巡狩岱宗柴望山虞宗祀明堂上稽帝堯中述世宗遵奉光武禮儀備具是以神明屢應休徵乃降

南巡頌

惟漢再受命爰葉一十協景和則天經郊高宗光六幽通神明既禘祖於西郊又將祫於南庭是時聖上運天官之法駕建日月之旂旌

太廟頌　王粲

思皇烈祖時邁其德肇啓洪源貽燕我則我休
厥成聿先厥道丕明丕欽允時祖考
綏庶邦和四宇九功備彝樂序建崇牙設璧羽
八佾奏八音舉昭大孝衎妣祖念武功收純祜
於穆清廟翼翼休徵祁祁髦士厥德允升懷想
成位咸奔在官無思不若允觀厥崇

述

魏受命述　邯鄲淳

臣聞雅頌作於盛德典謨興於茂功德盛功茂
傳序弗志是故竹帛以載之金石以聲之垂諸

來世萬載彌光陛下以聖德應期龍飛在位其
有天下也恭己以受天子之籍無爲而四海順
風若乃天地顯應休徵祥瑞以表聖德者不可
勝載鑠乎煥顯真神明之所以祚命世之令主
也凡自能言之類莫不謳嘆於野執筆之徒咸
竭文思獻詩上頌臣抱疾伏蓐作書一篇欲謂
之頌則不能雍容盛懿列伸玄妙欲謂之賦又
不能敷演洪烈光揚緝熙故思竭愚稱受命述
曰
伊上天闡載自民主肇建歷聽風聲陶唐爲盛

虞夏受終殷周革命有禪而帝有代而王禪代
雖殊小大繇同於是以漢歷在魏亦運歸黃世
是故大魏之業皇燿震霆肅清宇內萬邦有截
帥義翼漢奉禮不越旅力戮心茂亮洪烈樹深
根以厚基播醇澤以釀味含光而弗燿戢翼而
弗發將俟聖嗣是遂是達聖嗣承統爰宣重光
陳錫裕下民悅無疆三神宣釐四靈順方元龜
介玉應龍粹黃若玄魏德據茲以昌尓乃鳴玉
陟壇三揖以俟既受休命龍旋鳳峙煌煌厥輝
穆穆容止臨下有赫允也天子既受帝位納璽

要綏太常司燎升炮告類珪璋峨峨髦士棣棣蹌蹌聖躬御策以莅巍巍乎崇功顯顯乎德容信帝位之壯業天休之所鍾也于時天地交和日月光精氣祲不作風塵弭清凡在壇場之位舉目乎廣庭莫不君臣和德咸玉色而金聲夓省萬幾謀訪老成治詠儒墨策納公卿昧旦孜孜夕惕乾乾務在諧萬國叙彝倫而折不若懷遠人混六合之風納乎仁壽之門刑錯靡試偃伯靡軍然後乃勒功代嶽升中上玄斯固我皇之大摹思心之所存也

贊

焦君贊　蔡邕

猗歟焦君常此玄墨衡門之下棲遲偃息泌之洋洋樂以忘食鶴鳴九皐音亮帝側迺徵迺用將受袞職昊天不吊賢人遘慝不惟一志并此四國如何穹蒼不詔斯或惜哉朝廷喪茲舊德恨以學士將何法則

尼父贊　張超

巖巖孔聖異代稱傑景合乾坤明參日月

正考父贊　王粲

恂恂正父應德孔盛身爲國卿族則公姓年在耆耋三葉聞政誰能不怠申茲約敬饘粥予口傴僂受命名書金鼎祚及後聖

銘

高祖沛泗水亭碑銘　班固

皇皇聖漢兆自沛豐乾降著符精感赤龍承鬿一作魁又作累流裔襲唐末風寸木尺土無竢斯亭建號宣基維以沛公揚威斬蛇金精摧傷涉關陵郊係獲秦王應作鴻門造勢斗璧納忠天期乘祚受爵漢中勤陳東征剟擒三秦靈神威佑洪

溝是乘漢軍改歌楚衆易心誅項討羽諸夏以
康陳張畫策蕭勃翼異終出爵褒賢列土封功炎
火之德彌光以明源清流潔本盛末榮一作長叙
將十八贊述股肱休勛顯祚永永無疆國寧家
安我君是升根生葉茂舊邑是象於皇舊亭苗
嗣是承天之福祐乃年是興

十八侯銘

躭躭相國弘策不追御國維綱秉統樞機文昌
四友漢有蕭何序功第一受封于鄼

鄼侯蕭何第一

䵊䵊將軍威蓋不當操盾千鈞拔主項堂漢興
破楚矯矯忠良卒爲丞相帝室以康
將軍舞陽侯樊噲第二
赫赫將軍受兵黃石規圖勝負不出帷幄命惠
瞻仰安全正朔國師是封光榮舊宅
將軍留侯張良第三
懿懿太尉惇厚朴誠輔翼受命應節御營歷位
卿相士國兼并見危致命社稷以寧
太尉絳侯周勃第四
蹇蹇相國允忠克誠臨危處險安而匡傾興代

之際濟主立名身履國土秉御乾楨

將軍平陽侯曹參第五

洋洋丞相勢譎師旅擾攘楚魏爲漢謀主六奇
解厄揚名于後

丞相户牖侯陳平第六

堂堂張敖耳之遺萌以誠佐國序跡建忠功成
德立襲封南宮垂號万春一作朞永保無疆

南宮侯張敖第七

衎衎衛尉德行循規遭兵食骸隕殁於齊橫耻
愧景刎頸自獻金紫褒表万世不刊

衛尉曲陽侯酈商第八

煌煌将軍輔漢久長威震呂氏姦惡不揚寇震殄盡躬迎代王功顯帝室万世益章

将軍頴陽侯灌嬰第九

斌斌将軍膺武是揚内康王室外鎮四方諸夏乂安流及要荒聲騁海内苗嗣紀功

将軍汝陰侯夏侯嬰第十

休休将軍如虎如羆御師勤陳破敵以威靈金曜楚火流烏飛将命伏節功績永垂

将軍陽陵侯傅寬第十一

斤斤將軍忠信孔雅出身六師十二四旅折衝
扞難遂寧天下金龜章德建號傳後

將軍信武侯靳歙第十二

明明丞相天德庭直剛德正行不枉不曲功業
成著榮顯食邑距呂奉主昭然不惑

丞相安國侯王陵第十三

栢栢將軍輔主克征奉使　璧身浊作涉項營序
功差德覆讓以平轉北而遊雲中以傾逝一作遊

將軍襄平侯韓信第十四

巖巖將軍帶武佩威御雄乘險難困不違仇滅

主定四海是栢功成食土德被遐邇

將軍棘津侯陳武第十五

晏晏曲成輿從龍騰安危從主赤一作亦曜以外

赫赫皇道彌光明惟德御國流及後萌騰一作勝

曲成侯蟲達第十六

肅肅御史以武以文相趙距呂志安君身徵詣

行所如意不全天秩邑土勛乃永存

御史大夫汾陰侯周昌第十七

邑邑將軍育養烝徒建謀正直行不匡邪入軍

討敵項定天都佩雀雙印百里爲家匡一作匿

將軍青陽侯王吸第十八

車銘　馮衍

乘車必護輪治國必愛民車無輪安處國無民誰與

車左銘　傅毅

虞氏作車取象機衡君子建左法天之陽正位受綏車不內顧塵不出軌鸞以節步彼言不疾彼指不躬玄覽于道永思厥中

車右銘

擇御上右採德用良詢納耆老于我是匡惟賢

是師惟道是式箴闕旅賁内頤自勑匪望其度匪愆其則越戒斁約禮以華國

車後銘

敬其在路體貌思恭望衡頤轂允慎茲容無或好失音逸匪盤于遊頤省厥遺虎尾斯求昭德塞違抑盈以無雖有三晉咸然若虛

仲山父鼎銘

鼎耳華其行塞雉膏不食方雨虧悔終吉有福足勝其任公餗乃珍於高思危在滿戒溢可以永年天之大律

樽銘

惟嵗之元朝賀奉樽金罍犧象嘉禮具存獻酬交錯万囿咸歡

襪銘

機衡建子万物含滋黃鍾育化以養元基長履長福至于億年皇靈既祐祉禄來臻本枝百世子子孫孫

孟津銘　李尤

洋洋河水赴宗于海經自中州龍圖所在黃函白神赤符以信昔在周武集會孟津魚入王舟

乃徃克㪍

井銘

井之所向寒泉洌清法律取象不槩自平多取不損少汲不盈執憲若斯何有邪傾

小車銘

圓蓋象天方軫則地輪法陰陽動不相離

漏刻銘

昔在先聖配天垂則仰鳌七曜俯 坤德乃建日官俾立漏刻昏明既序景曜不忒唐命羲和敬授人時懸象著明序以崇熙季末不虔德衰

于茲摯壺失職剌流在詩

警枕銘　蔡邕

應龍蟠蟄潛德保靈制器象物示有形哲人降鑒居安聞傾

樽銘

酒以成禮弗愆以淫德將無醉過則荒沉盈而不冲古人所箴尚鑒茲器茂㫚厥心

延賓鍾銘　王粲

有魏匡國成功允章格于上下光于四方休徵時序人悅時康造茲衡鍾有命自皇三以紀之

六以平之厥量孔嘉厥齊孔時音聲和協人德同熙聽之無斁用以啓期

古文苑卷第六

古文苑卷第七

箴

百官箴

初揚雄依虞箴作十二州二十五官箴其九箴亡闕後崔駰及子瑗又臨邑侯劉騊駼增補十六篇胡廣復繼作四篇文甚典美乃悉撰次自爲之解釋名曰百官箴凡四十八篇

冀州牧箴

洋洋冀州鴻原大陸岳陽是都島夷皮服潺湲河流夾以碣石三后攸降列爲侯伯降周之末

趙魏是宅冀土糜沸炫沄如湯更盛更衰載從載橫陪臣擅命天王是替趙魏相反秦拾其弊北築長城恢夏之場漢興定制改封藩王仰覽前世厥力孔多初安如山後崩如崖故治不忘亂安不遺危周宗自怙云焉有予隳六國奮矯果絕其維牧臣司冀敢告在階

兖州牧箴

悠悠濟河兖州之寓九河既導雷夏攸處草繇木條漆絲絺紵濟漯既通降丘宅土成湯五徙卒都于亳盤庚北渡牧野是宅丁感雊雉祖己

伊忠爰正厥事遂緒高宗厥後陵遲顛覆湯緒西伯戡黎祖伊奔走致天威命不恐不震婦言是用牝雞是晨三仁既知武果戎殷牧野之禽豈復能耽甲子之朝豈能復笑有國雖久必畏天咎有民雖長必懼人殃箕子獻欷厥居爲墟牧臣司兖敢告執書

青州牧箴

茫茫青州海岱是極鹽鐵之地鉛松怪石群水攸歸萊夷作牧貢篚以時莫怠莫違昔在文武封吕於齊厥土塗泥在丘之營五侯九伯是討

是征馬殆其銜御失其度周室荒亂小白以霸
諸侯僉服復尊京師小白既没周卒淩遲嗟茲
天王附命下土失其法度喪其文武牧臣司青
敢告執矩

徐州牧箴

海岱伊淮東海是渚徐州之土邑于蕃宇大野
既潴有羽有蒙孤桐蠙珠泗沂攸同實列蕃蔽
侯衛東方民好農蠶大野以康帝癸及辛不祗
不悋沈湎于酒而志其東作天命湯武勦絶其
緒祚降周任姜鎮于瑯琊姜姓絶苗田氏攸都

事由細微不慮不圖禍如丘山本在萌牙牧臣司徐敢告僕夫

揚州牧箴

矯矯揚州江漢之滸彭蠡既豬陽鳥攸處橘柚羽貝瑤琨篠簜閩越北垠沅湘攸往獷（一作獷獷）矣淮夷蠢蠢荆蠻翩彼昭王南征不旋人咸躓於垤莫躓於山咸跌於汙莫跌於川明哲不云我昭童蒙不云我昏湯武聖而師伊呂桀紂悖而誅逢干蓋邇不可不察遠不可不親靡有孝而逆父罔有義而忘君太伯遜位基吴紹類夫差

一誤太伯無祚周室不匡勾踐入霸當周之隆
越裳重譯春秋之末侯甸叛逆元首不可不思
股肱不可不慈（一作崒）堯崇（一作勤）屢省舜盛欽謀
牧臣司揚敢告執籌

荆州牧箴

杳杳（一作幽幽）巫山在荆之陽江漢朝宗其流湯湯
夏君（一作后）遭鴻荆衡是調雲夢塗泥包匭菁茅
金玉砥礪象齒元龜貢篚百物世世以饒戰戰
慄慄至桀荒溢曰我在帝位若天有日不順（一作慎）
庶國孰敢余奪亦有成湯果秉其鉞放之南

巢號之以禁南巢茳茳包（一作多）楚與荆風慓以悍氣銳以剛有道後服無道先強世雖安平無敢逸豫牧臣司荆敢告執御

豫州牧箴

郁郁荆河伊雒是經榮播（一作波）泉漆惟用（一作周）攸成田田相挐盧盧相距戛戮不都成周攸處豫野所居爰在鶉墟四隩咸宅寓内莫如陪臣執命不慮不圖王室陵遲喪其爪牙靡哲靡聖捐（一作稍）失其正方伯不維韓卒擅命文武孔純至厲作昏成康孔寧至幽作傾故有天下者毋

曰我大莫或余敗毋曰我強靡克余主夏宅九州至于季世放于南巢成康太平降及周微帶蔽屏營屏營不起施于孫子王赧爲極實絕周祀牧臣司豫敢告柱史

益州牧箴 一作梁州

巖巖岷山古曰梁州華陽西極黑水南流茫茫洪波鮌堙降陸于時八都厥民不隩禹導江沱岷嶓啓乾遠近底貢磬錯砮丹絲麻條暢有粳有稻自京徂畛民攸溫飽帝有桀紂湎沉頗僻遏絕苗民滅夏殷績爰周受命復古之常幽厲

夷業破絕爲荒秦作無道三方潰叛義兵征暴遂國于漢拓開疆宇恢梁之野列爲十二光羨虞夏牧臣司梁是職是圖經營盛衰敢告士夫

雍州牧箴

黑水西河橫截一作厲崑崙邪指閶闔畫爲雍垠上侵積石下礙龍門自彼氐羌莫敢不來庭莫敢不來臣每在季主常失厥緒侯紀不貢荒侵其寓陵遲衰微秦據以戾興兵山東六國顛沛上帝不寧命漢作京隴山以徂列爲西荒南排勁越北啓疆胡并連屬國一護攸都盖安不忘

危盛不諱衰牧臣司雍敢告贅衣

幽州牧箴

蕩蕩平川惟冀之別北阨幽都戎夏交偪伊昔唐虞實爲平陸周末荐臻（一作至秦）迫于獯鬻晉溺其陪周使不阻六國擅權燕趙本都東限穢貊羨及東胡彊秦北排蒙公城壃大漢初分介狄之荒元戎屢征如風之騰義兵涉漠偃我邊萌既定且康復古虞唐盛不可不圖衰不可不忘隄潰蟻穴器漏箴芒牧臣司幽敢告侍傍

并州牧箴

雍別朔方河水悠悠北辟獯鬻南界涇流畫茲朔土正直幽方自昔何爲莫敢不來貢莫敢不來王周穆遐征犬戎不享爰貊（一作藐）伊德侵玩上國宣王命將攘之涇北宗周罔職日用爽蹉旣不俎豆又不干戈犬戎作亂斃于驪阿太上曜德其次曜兵德兵俱顛靡不悴荒牧臣司并敢告執綱

交州牧箴

交州荒裔水與天際越裳是南荒國之外爰自開闢不羈（一作馽）不絆周公攝祚白雉是獻昭王

陵遲周室是亂越裳絶貢荆楚逆叛四國内侵蠶食周宗臻于季赧遂以滅亡大漢受命中國兼該南海之宇聖武是恢稍稍受羈遂臻黄支杭海三萬來牽其犀盛不可不憂隆不可不懼顧瞻陵遲而忘其規摹亡國多逸（一作多易）豫而存國多難泉竭中虚池竭瀕乾牧臣司交敢告執憲

光禄勳箴　揚雄

經兆宫室晝爲中外廊殿門闥限以禁界國有周衛民有蕃籬各有攸保守以不岐昔在夏殷

桀紂淫湎特牛之飲門戶荒亂郎雖執戟謁者

叅差殿中成市或皷或鞞忘其廊廟而聚夫逋

逃四方多罪載號載呶內不可不省外不可不

清德人立朝議士充庭祿臣司光敢告執經

衛尉箴

茫茫上天崇高其居設置山險畫爲防禦重垠一作限累垓以難不律闕爲城衛以待暴卒國以有固民一作人以有內各保其守永修不敗維昔庶僚官得其人荷戈而歌中外以堅齊桓怵惕宿衛不飭一作勑門非其人戶廢其職曹子摽劒

摽一作操遂成其詐軻挾匕首而衛人不寤二世妄宿敗於望夷閻樂矯搜戟者不誰尉臣司衛敢告執維

太僕箴

肅肅太僕車馬是供鏘鏘和鑾駕彼時龍昔在上帝巡狩四宅王用三驅前禽是射紂作不令武王征舩檀車孔夏四騵孔昕僕夫執轡載騂載駰我輿云安我馬惟閑雖馳雖驅匪逸匪愆昔有一作在滛羿馳騁忘歸景公千駟而滛於齊詩好牡馬牧於駉野輂車就牧而詩人興魯厩

焚問人仲尼厚醜孟子盖惡夫廐多肥馬而野
有餓殍僕且司駕敢告執皂

廷尉箴

天降五刑惟夏之績亂茲平民不回不辟昔在
蚩尤爰作淫刑延于苗民夏民（一作天下）不寧穆王
耄荒甫侯伊謀五刑訓天周以阜基厥後凌遲
上帝不觚周輕其制秦繁其辜五刑紛紛靡遏
靡止寇賊滿山刑者半道昔唐虞象刑天民是
全紂作炮烙墜民于淵故有國者無云何謂是
刖是劓無云何害是剥是剖（一作割）惟虐惟殺人

莫予柰豁以刑顛秦以酷敗獄臣司理敢告執

謁

大鴻臚箴

蕩蕩唐虞經通垓極陶陶百王天工人力晝爲

上下羅一作該羅條百職人有材能賓有級差遷能

授官各有攸宜主以不廢官以不隳昔在三代

二季不蠲穢德慢道晉非其人人失其材職反

其官寀寮荒耄國政如漫文不可武武不可文

大小上下不可奪倫鴻臚司爵敢告在隣

宗正箴

巍巍帝堯，欽親九族。經哲宗伯，禮有攸訓。屬有攸籍，各有育（又裔）子。世（又代）以不錯，昔在夏時。少康不恭，有仍二女。五子家降，晉獻悖統。宋宣亂序，齊桓不倫。而忘其宗，緒周譏戎。女魯喜子，同高作秦。祟而扶蘇，被凶宗廟。荒墟鬼靈，靡附伯臣。司宗敢告執主。

大司農箴

時惟大農，爰司金穀。自京徂荒，粒民是斛。肇自厥初，實施惟食。厥僚后稷，有無遷易。實均實贏，惟都作程。旁求衣食，厥民攸生。上稽二帝，下閱三王什一而征爲民作常遠近貢篚百姓（一作日則）不忘帝王之盛咸在農殖季周爛漫而東作不勑膏腴不穫庶物並荒府藏（一作庫）單虛靡積靡倉（一作靡積倉粮）陵遲衰微姐卒以犇秦收太半二世不瘳泣血之末海内無聊農臣司均敢告執縣

少府箴

實實少府奉養是供紀經九品臣子攸同海内弊帑祁祁如雲家有孝子官有忠臣共僚率舊聖則越遵民以不擾國以不煩昔在帝季癸辛之世酒池糟隄而象箸以噬至於躭樂流湎而

姮末作祟共寮不御不恢夏羿喪其國康而卒以陵遲睹不可不察欲不可不圖未嘗失之於約常失於奢府臣司共敢告執觚

執金吾箴

溫溫唐虞重襲純執經表九德張設武官以御寇賊如虎有牙如鷹有爪國以自固獸以自保牙爪蔥蔥動作宜時用之不理實反生災秦政暴戾播其威虐亡其仁義而思其殘酷猛不可重任威不可獨行堯咨虞舜惟思是尚吾臣司金敢告執璜

将作大匠箴

侃侃将作經構宫室墻以禦風宇以蔽日寒暑攸除鳥鼠攸去王有官殿民有宅居昔在帝世茅茨土階夏卑宫觀在彼溝洫桀作瑶臺紂爲琁一作璇室人力不堪而帝業不卒詩詠宣王由儉改奢觀豐上六大屋小家春秋譏刺書彼泉臺兩觀雉門而魯以不恢或作長府而閔子不仁秦築驪阿嬴姓以顛故人君無云我貴榱題是遂毋云我富淫作極遊在彼墻屋而忘其國戮作臣司匠敢告執猷

太常箴

崔駰（一作揚雄）

翼翼太常，寔爲宗伯。穆穆靈祗，寢廟奕奕。稱秩元祀，班于群神。我祀既祇，我粢孔蠲。匪愆（一作僁）匪忒，公尸（又君子）攸宜。弗祈弗求，惟德之報。不矯不誣，庶無罪悔。昔在成湯，葛爲不吊。棄禮慢祖，夔子不祀，楚師是虜。魯人躋僖，臧文不悟。文隮太室，桓納郜賂。灾降二宮，用誥不祧。故聖人在位，無曰我貴，慢行繁祭；無曰我材，輕身恃巫。東鄰之犧牛，不如西鄰之麦魚。黍殞皇夷，隱斃鐘巫（又虞）。常臣司宗，敢告執書。

太尉箴

崔駰

天官冢宰庶僚之師師錫有帝命虞作尉爰叶台極爰平國域制軍詰禁王旅惟式九州用綏群公咸治干戈載戢宿纏其紀上之去據下之云戴苟非其人斁我帝載昔周人思文公而召南詠甘棠昆吾隆夏伊摯盛商季世頗僻禮用不匡無曰我強莫余敢喪無曰我大輕戰好殺紂師百萬卒以不艾宰臣司馬敢告在際

河南尹箴

茫茫天區畫冀爲京商邑翼翼四方是營唐虞

商周河洛是居成王郟鄏以處鶉墟諸夏勁強是從是撗徹我墻屋而師尹不匡覇奪其權宗器以分圖籍遷齊九鼎入秦後云

尚書箴 崔瑗 一作揚雄

皇皇聖哲允勑百工命作齋慄龍爲納言是機是密出入朕命王之喉舌獻善宣美而讒說是折我視云明我聽云聰載夙載夜惟允惟恭故君子在室出言如風動於民人渙其大號而萬國平信春秋譏漏言易稱不密則失臣兊告其和巽否其頻書稱其明申申厥鄰昔秦尚權詐官

非其人符璽竊發而扶蘇隕身一姦衍慾命七廟爲墟威福同門牀上維皇書臣司命敢告侍隅

博士箴

洋洋三代典禮是脩畫爲辟雍國有學校侯有泮宮各有攸教德用不陵昔在文王經啓其軌鼎于德音而思皇多士多士作楨惟周以寧國人興讓虞芮質成公劉挹行潦洒濁亂斯清宫操其業士執其經昔聖人之綏俗莫美於施化故孔子觀夫太學而知爲王之易易大舜南面無爲而衽席平還師階級之（一本無級之二字）間三

苗以懷秦作無道斬决天紀漫彼王迹而坑夫術士詩書是泯家言是守俎豆不陳而顛其社稷故仲尼不對問陳而瑚一作胡益一作籃是遵一作道原伯非學而閔子知周之不振儒臣司典敢告在賓

東觀箴

洋洋東觀古之史官三墳五典靡義不貫左書君行右記其言辛尹顧訪文武明宣倚相見寶荆國以安何以季世咆哮不虔在強奮矯而戮彼逢干衛巫監謗國莫敢言狐突見斥淖齒見殘焚文坑儒嬴反為漢巫蠱之毒殘者數萬嗟嗟

後王曷不斯鑒是以明哲先識擇木而處夏終殷摯周聃晉黍或笑或泣抱籍遁走三葉靖公果喪厥緒宗廟隨夷遠之荊楚麦秀之歌億載不腐史臣司藝敢告侍後

關都尉箴

茫茫九州規爲關津唐堯積德三代脩仁越季不軌爰失厥人聖賢不用頑嚚是親漢瀆武關項破函谷秦王子嬰繇爲禽僕尉臣司關敢告竝轂

河隄謁者箴

伊昔鴻泉浩浩滔天有夏作空爰奠山川導河積石鑿于龍門疏爲砥柱率彼河滸大陸既礙播于北野濟漯咸順沂泗從流江淮湯湯而冀宅乃州澹菑濺濺東歸於海九野孔安四隩不殆爰及周衰夏績陵遲導非其導堙非其堙八野填淤水高民居湓溢滂汩屢決金隄瓠子潺湲宣房作歌使臣司水敢告執河

郡太守箴

有嬴驅除焚典紀舊蕩滅蕃纖罷侯置守秦發閭左陳涉奮威楚禁乾谿靈王不歸征遐由近

可不肅祗守臣司境敢告執機

北軍中候箴

赫赫將帥典摠虎臣鷹揚旅武闞然奮震贅衣近侍常伯之人怒如熊力角焉任均操兵左右百夫衛賓昔在高祖草創伊神鴻門之會職多未陳或有劒舞賴有傾身孔丘歷指文武定申以人士拜齊無其臣秦政東遊大盜葦群期門不設施巧鉞騎在不脩負故圖遠吏機事有勢勤勢勤在親親無常人忽情懈怠禍慢及君憲臣司武敢告執軍

侍中箴

皇矣聖上神居天其一作處勤求俊良是弼是輔
匪懈于位庶工以序昔在周文創德西隣昴聞
上帝賴兹四臣辛尹是訪入虞是詢濟濟多士
乂用有勳文公欽若越興周道亦惟先正克慎
左右常伯常任寔爲政首降及厲王不祗不恪
暱彼宗夷用肆其虐惟敗天命寇賊戎一作並作
圮墜宗緒寢廟靡託無曰我賢不選至親無曰
我任妄用嬖人籍閎飾顏穢我神武鄧通擅鑄
不終厥後中書竊命石弘作禍高安斷袂哀用

無主侍臣司中敢告執矩

司隸校尉箴

煌煌古制分劃五服翼翼封畿四方之極牧監匪設是謂王國大漢通變崇弘簡易呑舟之網以濟艱阸自時厥後或慢或遲綉衣四出禍起宮闈江充作亂辱于戾園率隸掘蠱以詰其姦既定既寧爰遂其官俾督京甸時惟鷹鸇必正必式國之司直乃囬乃邪寔爲讒慝毁於貞賢悔其何及昔唐虞晏晏厥績以熈嬴氏慘慘怨毒用滋是故履後上位者無云我貴苟任激訐平

陽玄默以式百辟畫一之歌豈猶遐邈使臣司隸敢告執役

城門校尉箴　揚雄

幽幽山川徑塞九路盤石唐芒龍險重固國有城溝家有柝拒各有攸堅民以不虞德懷其內險難其外王公設險而承以盤蓋昔在上世有扈有夏癸辛不德而設夫險阻湯武爰征而莫遏莫禦作君之危不可德少而城溝伊保不可德希而城溝是依唐虞長德而四海永懷秦恢長城而天下畔乖尉臣司城敢告侍階

上林苑令箴

茫茫大田芃芃作穀山有徑陸野有林麓夷原汙藪禽獸攸伏魚鱉以時芻蕘咸殖國以殷富民以家給昔在帝羿共田徑游弧矢是尚而射夫封豬不顧於愆卒遇後憂是以田獲三驅不可過差麀鹿攸伏不如德至衡臣司虞敢告執指

司空箴 一作崔駰作

善彼坤靈侔天作則分制五服劃爲萬國乃立地官空惟是職茫茫九州都鄙盈匾綱以群牧

綴以方侯烈烈儁乂翼翼王臣臣當其官官宜其人九一之政七賦以均昔在季葉班祿遺賢掊克充朝而象恭滔天匪人斯力匪政斯勑流貨帀寵而苞苴是鬻王路斯浮執不傾覆官臣司士敢告在側

司徒箴　崔駰

天鑒在下仁德是興乃立司徒亂茲黎烝茫茫庶域率土祁祁人具爾瞻四方是維乾乾夕惕靡怠靡違敬敷五教九德咸事嗇人用章黔旺是富無曰余恃忘于爾輔無曰余聖以忽執政

匪用其良乃荒厥命庶績不怡疚于爾祿豐其折股而鼎覆其餗書歌股肱詩刺南山尹氏不堪國度斯僭徒臣司衆敢告執藩

大理箴

邈矣皋陶翊唐作士設爲犴狴九州允理如石之平如淵之清三槐九棘以賢以聽罪人斯殛凶旅斯幷熙乂帝載旁施作明昔在仲尼哀矜聖人子罕禮刑衛人釋艱釋之其忠勳亮孝文于公哀寡定國廣門曾矣邈矣舊訓不遵主慢臣驕虐用其民賞以崇欲刑以肆忿紂作炮烙

周人滅殷夏用淫刑湯誓其軍衛鞅酷烈卒殞
于秦不疑加害禍不及身嗟茲大理慎于爾官
賞不可不思斷不可不虔或有忠能被害或有
孝而見殘吳沈伍胥殷剖比干莫遂爾情是截
是刑無遂爾志以速以殛天鑒在顔無細不録
福善災惡其徼甚速理臣司律敢告執獄

尚書箴

龍作納言帝命惟允山甫翼周實司喉吻赫赫
禁臺萬邦所庭無曰我平而慢爾衡無曰我審
而怠爾明四岳阿鯀績用不成虞登八凱五教

聿清舉以無私乃忝服榮正直是與伊道之經先人匪懈永世流聲君子下問敢告侍庭

諫大夫箴 崔寔附

於昭上帝迪竝既哲匪于水鑒惟人是察處有誦訓出有旅賁木鐸之求爰納遒人各有攸訊政以不紛昔在大禹拜承昌言癸辛暴戾虐及于天逄于周厲慢德不蠲㘗㘗胥讒人謗乃作不顧厥愆是討是格庶類不堪流之彘塊宅防人之口譬諸防川豈不速止潰乃潺湲潺湲尚塞言擁爲賊默默之患用顛厥國諫臣司議敢告

有翼

古文苑卷第七

古文苑卷第八

雜文

僮約

王褒

蜀郡王子淵以事到煎上寡婦楊惠舍有一奴名便了倩行酤酒便了捍大杖上冢巔曰大夫買便了時只約守冢不約爲他家男子酤酒子淵大怒曰奴寧欲賣耶惠曰奴父許人人無欲者子即決賣券之奴復曰欲使皆上不上券便了不能爲也子淵曰諾券文曰神爵三年正月十五日資中男子王子淵從成都安志里女子

楊惠買夫時戶下髯奴便了決賈萬五千奴從

百役使不得有二言晨起早（一作洒）掃食了洗滌

居當穿臼縛箒裁盂鑿井浚渠縛落鉏園研陌

杜埤（音明）地刻大枷屈竹作把削治鹿盧出入不

得騎馬載（一作乘）車踑坐大呶下牀振頭垂釣刈

芻結葦臘纑沃不酪住䣠（音徂）醭（音摸）織履作麤黏

雀張鳥（一作烏）結網捕魚繳鴈彈鳬登山射鹿入

水捕龜浚園縱魚鴈鶩百餘驅逐鴟鳥持梢牧

猪種薑養羊長育豚駒糞除常潔餧食（音自）馬牛

鼓四起坐夜半益芻二月春分被隄杜疆落桑

皮欆種瓜作[昨音]瓠別茄披葱焚槎發等壟集破
封日中早覔[復音]鷄鳴起春調治馬驢兼落三重
舍中有客提壺行酤汲水作餔[晡音]滌杯整桉園
中拔蒜斷蘇切脯築肉臛芋膾魚炰鱉烹茶盡
具餔已蓋藏關門塞竇餧猪縱犬勿與鄰里爭
鬭奴但當飲豆水不得嗜酒欲飲美酒唯得染
脣漬口不得傾盂覆斗不得辰出夜入交關伴
偶舍後有樹當裁作船上至江州下到煎主爲
府掾求用錢推紡惡敗欆索綿亭買席往來都
洛當爲婦女求脂澤販於小市歸都擔枲轉出

旁蹉牽犬販放一作鵝武陽買茶楊氏池中擔荷

往來市聚慎護姦偷入市不得夷蹲旁卧惡言

醜罵多作刀弓持入益州貨易牛羊奴自交精

惠不得癡愚持斧入山斷輮裁轅若殘當作俎

机木屐及彘雉一作盤焚薪作炭礨石力罪切薄岸

治舍蓋屋書削代牘日暮以歸當送乾薪兩三

束四月當披五月當穫十月收豆多取蒲苧音紵

益作繩索雨墮無所爲當編蔣粱一作織箔植種

桃李梨柹柘桑三丈一樹八赤爲行果類相從

縱橫相當果熟收斂不得吮嘗犬吠當起驚告

隣里棖門柱戶上樓擊鼓椅盾曳舒還落三周勤心疾作不得遨遊奴老力索種莞織席事訖欲休當春一石夜半無事浣衣當白若有私歛主給賓客奴不得有姦私事事當關白奴不聽教當笞一百讀券文徧訖詞窮咋索仡仡扣頭兩手自搏目淚下落鼻涕長一尺當如王大夫言不如早歸黃土陌蚯蚓鑽額早知當尔王大夫酤酒真不敢作惡張說云此文相傳多誤

奕旨

班固

大冠言博既終或進而問之曰孔子稱有博奕

今博行於世而奕獨絶博義既弘奕義不述問之論家師不能説其聲可聞乎曰學不廣博無以應客北方之人謂棊爲奕弘而説之舉其大略決義深矣局必方正象地則也道必正直神明德也棊有白黒陰陽分也駢羅布列效天文也四象既陳行之在人蓋王政也成敗臧否爲仁由己危之正也夫博懸於投不專在行優者有不遇劣者有僥倖踦拏相凌氣勢力爭雖有雄雌未足以爲平也至於奕則不然高下相推人有等級若孔氏之門回賜相服循名責實謀

以計策若唐虞之朝考功黜陟器用有常施設無析一作所因敵爲資應時屈伸續之不復變化日新或虛設豫置以自護衛蓋象庖羲罔罟之制隄防周起障塞漏決有似夏后治水之勢一孔有闕壞頹不振有似瓠子汎濫之敗一棊破窐亡地復還曹子之威作伏設詐突圍橫行田單之奇要厄相劫割地取賞蘇張之姿固本自廣敵人恐懼三分有二釋而不誅周文之德知者之慮也既有過失能量弱強逡巡需行保角依旁卻自補續雖敗不亡繆公之智中庸之方

上有天地之象次有帝王之治中有五霸之權下有戰國之事覽其得失古今略備及其晏也至於發憤忘食樂以忘憂推而高之仲尼慨也樂而不淫哀而不傷質之詩書關雎類也紕專知柔陰陽代至施之養性彭祖氣也外若無爲默而識淨泊自守以道意隱居放言遠咎悔行象虞仲信可喜感乎大冠論未備故因問者喻其事

篆勢　蔡邕

體有六篆巧妙入神或龜文或比龍鱗紆體

放尾長翅短身揚波震激鷹鳥跱息震延頸脅翼勢似凌雲

青髯奴辭　黃香

我觀人鬚長而復黑冉弱而調離離若緣坡之竹鬱鬱若春田之苗因風披靡隨風飄颻爾乃附以豐頤表以蛾眉發以素顏呈以妍姿約之以紕綫潤之以芳脂華華翼翼靡靡綏綏振之發曜黝若玄珪之垂於是搖鬚（一作鬢）奮髭則論說唐虞鼓鬐動鬛則研覈否臧內育瓌形外闡宮商相如以之閑都顏孫以之堂堂豈若子髯

旣亂且赭枯槁禿瘁劬勞辛苦汗垢流離汙穢泥土傖囁穰擩[音而]與塵爲侶無素顏可依無豐頤可怙動則困於㤿滅靜則窘於囚虜薄命爲鬆正著子頤爲身不能庇其四體爲智不能飾其形骸獺鬜瘦面常如死灰曾不如犬羊之毛尾狐狸之毫氂爲子鬚不亦難乎

九惟文　蔡邕

八惟困乏憂心殷殷天之生我星宿値貧六極之厄獨我斯勤居處浮漂無以自任冬日栗栗上下同雲無衣無褐何以自溫六月徂暑炎赫

來臻無絺無綌何以蔽身無餉不飽永離懽欣

叙

董仲舒集叙

董仲舒清河廣川人也以治春秋爲博士下帷講誦弟子傳以久次相授業或莫能見其面蓋三年不窺園圃進退容止非禮不行學士皆師尊之漢孝武皇帝即位以賢良對策爲江都相事易王王素驕好勇仲舒以禮義匡正王敬重焉公孫弘希世用事深疾仲舒是時膠西王尤縱恣數害吏二千石弘欲中之乃言於上曰獨

仲舒可使相膠西王膠西王素服其德善待之仲舒恐久獲罪以病免凡相兩國輒事驕王正身率下所居而治及去位歸居終不問產業以脩學著書爲事年老以壽終於家

記

漢樊毅修西嶽廟記 一作碑

山經曰泰華之山削成四方其高五千仞廣十里周禮職方氏華謂之西嶽祭視三公者以其能興雲雨產萬物通精氣有益於人則祀之故帝舜受堯歷數親巡省設五鼎之奠柴燎煙致

敬神祇乂用昭明百穀蕃殖黎民時雍鳥獸率
舞鳳凰來儀曁夏殷周末之有敗也其德休明
則有禎祥荒淫臊穢篤災必降秦違其典璧遺
鄗池二世以亡高祖應運禮遵陶唐祭則獲福
奕世克昌亡新滔逆鬼神不享建武之初彗掃
頑凶吏率舊章敢用玄牡牲牷必充天惟醇祐萬
國以康光和二年有漢元舅五侯之胄謝陽之
孫曰樊府君諱毅字仲德承考讓國家于河南
究職州郡辟公府除防東長中都令誅強撫
瘠民二鄙以清命守斯邦威隆秋霜恩踰冬日

景化既宣由復夕惕惟穎祿之報順民之則孟冬十月齊祀西嶽以傳窄狹不足處尊卑廟舍舊久墻屋傾𡍮世室不脩春秋作譏特部行事荀班與縣令先讜以漸補治設中外館圖珍奇畫怪獸嶽瀆之精所出禎秀役不干時而功已著暫勞以逸神永有憑自古大山邸邑猶存五嶽尊同衮此勤民獨不賴福乃上復十里內工商農賦克猒帝心嘉瑞仍翕風雨應起一作卦瀸潤品物君舉必書況乃盛德恵及神人可無述焉於是功曹耶敏主簿魏龔石曹史許禮等遂

刊玄石銘勒鴻勛垂曜靈軫存有昭識其辭曰
二儀剖判清濁始分陽凝成山陰積爲川泰氣
推否洪波汎臻堯命伯禹决江開汶川靈旣定
恩覆兆民乃刊祀典辨于羣神因瀆癸地嶽以
配天世主遵循永享歷年赤銳煌煌受兹介福
京夏密清殊俗賓服令問不違可謂至德德音
孔昭實惟我后出自中興大漢之舅本枝惟百
延慶長久俾守西嶽達奉神祀攸傳飾廟靈則
有攸（一無攸字）濟降瑞畣祚景風凱悌惟風及雨成
我稷黍穡民用章建义室宇刊銘記誦克配梁

甫

碑

河間相張平子碑

河間相張君南陽西鄂人諱衡字平子其先出自張老爲晉大夫納規趙武而反其後書傳美之君天姿叡哲敏而好學如川之逝不舍晝夜是以道德漫流文章雲浮數術窮天地制作侔造化瓌辭麗說奇技偉藝磊落煥炳與神合契然而體性温良聲氣芬芳仁愛篤密與世無傷可謂淑人君子者矣初舉孝廉爲尚書侍郎遷

太史令實掌重黎歷紀之度亦能焞燿敦大天
明地德光照有漢遷公車司馬令侍中遂相河
間政以禮成民是用息遭命不永閶忽晷徂朝
失良臣民隕令君天泯斯道世喪斯文凡百君
子靡不傷焉乃銘斯表以旌厥問其辭曰
於維張君資質懿豐德茂材羨（一作美）高朗顯融焉
所不學亦何不師盈科而逝成章乃達一物不知
實以爲恥聞一善言不勝其喜包羅品類稟授
無形酌焉不竭沖而復盈廩廩其庶亹亹其幾
膺數命世紹聖作師苟華必實令德惟恭柔嘉

伊則孝友祗容允出在茲維帝念功往才女請
化洽民雝愍而不弔降此咎兇慭人其畏罔不
時恫紀于銘勒永終譽兮死而不朽芳烈著兮

曹娥碑

度尚弟子邯鄲淳撰

孝女曹娥者上虞曹盱之女也其先與周同祖末冑荒流（一作沉）爰（一作茲）適居盱能撫節按歌婆娑樂神以漢安二年五月時迎伍君逆濤而上爲水所淹不得其尸時娥年十四號慕思盱哀吟澤畔旬有七日遂自投江死經五日抱父屍出以漢安迄于元嘉元年青龍在辛卯莫之有

表度尚設祭誄之辭曰欝欝伊孝女曄曄之姿偏
其反而令色孔儀窈窕淑女巧笑倩兮宜其家
室在洽之陽大禮未施嗟喪慈父彼蒼伊何無
父孰怙訴神告哀赴江永號視死如歸是以眇
然輕絶投入沙泥翩翩孝女載沉載浮或泊洲
渚一作嶼或在中流或趨湍瀨或逐波濤千夫失
聲悼痛萬餘觀者塡道雲集路衢泣淚掩涕驚
動國都是以哀姜哭市杞崩城隅或有尅面引
鏡剺耳用刀坐臺待水抱樹而燒於戲孝女德
茂此儔何者大國防禮自脩豈况庶賤露屋草

茅不扶自直不鏤一作斵自彫越梁過宋比之有殊哀此貞厲一作獨千載不渝嗚呼哀哉辭曰名勒金石質之乾坤歲數歷祀立廟起墳光于后土顯昭天人生賤死貴利之義門何悵華落飄零早分葩艷窈窕永世配神若堯二女爲湘夫人時效髣髴以昭後昆　漢議郎蔡邕聞之來觀夜闇以手摸其文而讀之邕題文云黃絹幼婦外孫韲臼二百年後碑冢當墮江中當墮不墮逢王叵墮一作墜叵一作匹

桐柏廟碑　王延壽

延熹六年正月八日乙酉南陽太守中山盧奴
張君處正好禮尊神敬祀以淮出平氏始於大
復潛行地中見於陽口立廟桐柏春秋宗奉灾
異告譴水旱請求位比諸侯聖漢所尊受珪上
帝太常定甲郡守奉祀務絜沈祭從郭君以來
二十餘年不復身到遣行丞事簡略不敬明神
弗歆灾害以生五嶽四瀆與天合德仲尼慎祭
常若神在君準則大聖親之桐柏奉見廟祠﨑
嶇逼狹開拓神門立闕四達增廣壇場餝治華
蓋高大殿宇穹齊傳館石獸表道靈龜十四衢

廷弘敞宮廟嵩峻祇愼慶祀一年再至躬進牲
牷執玉以沈爲民祈福靈祇報祐天地清和異
祥昭格禽獸碩茂草木芬芳黎庶豫祉民用作
頌其辭曰泫泫淮源聖禹所導湯湯其逝惟海
是造疏穢濟遠柔順其道弱而能強仁而能武
聖賢立式明哲所取定爲四瀆與河合矩烈烈
明府好古之則虔恭禮祀不愆其德惟前廢弛
匪恭匪力灾眚以興陰陽以忒陟彼高岡臻茲
廟側肅肅其敬靈祇降福雍雍其和民用悅服
穰穰其慶年穀豐植望君輿駕扶老攜息慕君

塵軌奔走忘食懷君惠貺思君罔極于胥樂兮傳於萬億

春侍祠官屬五官掾章陵劉訢功曹史安衆劉瑒主簿蔡陽樂茂戶曹史宛任巽秋五官掾新野梁懿功曹史酈周謙主簿安衆鄧嶷主記史宛趙旻戶曹史宛謝綜

九疑山碑 集中有目而亡其篇 蔡邕

巖巖九疑峻極于天觸石膚合輿播建雲時風嘉雨浸潤下民芒芒南土實賴厥勛逮于虞舜

聖德光明克諧頑傲以孝蒸蒸師錫帝世堯而授徵受終文祖琁璣是承太階以平人以有終遂葬九疑解醴而升登此崔嵬託靈神僊

古文苑卷第八

古文苑卷第九

碑

漢故中常侍騎都尉樊君之碑　子遷

君諱安字子佑南陽湖陽人也厥祖曰仲山父翼佐周宣出納王命爲之喉舌以致中興食菜于樊子孫氏焉奕世載德守業不愆在漢中葉篤生哲媛作合南頓實產世祖征討逆畔復漢郊廟而樊氏以帝元舅顯受茅土封寵五國壽張侯以功德加位特進其次並以高聲處鄉校侍中尚書掾州典郡不可勝載爲天下著姓君

幼以好學治韓詩論語孝經兼典記傳古今異

義甘貧樂約意不回貳天姿淑慎稟性有直秉

操不移不以覬貴世政促峻邑宰寡識慢賢役

德被以勞事然後慷慨官于王室歷中黃門冗

從儀史拜小黃門小黃門右史遷藏府令中常

侍其事上也貞固密慎矜矜戰戰作主股肱助

國視聽外職不誣內言不泄為近臣楷模是以

兄弟並盛雙據二郡宗親賴榮年五十有六以

永壽四年二月甲辰卒朝思其忠追拜騎都尉

寵以印綬策書褒歎賻贈有加嗣子遷寔以幼

弱夙叙王爵而喪所天禮備復位以延熹三年
冬十有一月自上蒸祭乃尋惟烈考恭脩之懿
勒之碑石俾不失墜其辭曰
肅肅我君帝躬是翼王事多難我君是力秉此
小心以亮皇職惟帝念功庸以輿服大命傾霣
魂神遷伏龜艾追贈用光其德藹藹遺稱作昰
作式勒銘茲石垂示罔極勳名不刋永昭千億
制詔中常侍樊安宿衛歷年恭恪淑慎嬰被疾
病不幸蚤終今使湖陽邑長劉攄追號安爲騎
都尉贈印綬魂而有靈嘉其寵榮嗚呼哀哉延

熹元年八月二十四日丁酉下

漢金城太守殷君碑　鄺炎一作衛覬

君諱華字叔時上郡定陽人大匠君之子也其先出自有殷因國定氏不攺其號聖哲玄流至君而懿幼應瓊蘭之美長有冲邈之志敦詩閲禮⿰韋番韣竹賁誕循前業守以恪恭仕歷州郡忠愕有分其大操也耽耽虎視龍變不羈故能雄傑於并城聲班於上京察何孝廉貢除郎中左馮翊丞恊宣文物公事知州舉茂才宛丘令崇行寬猛示之禮禁褒延庠校政以惠和三載陟

隕邪臨金城郡鄣羌虜避難遷移役兼民匱室
如懸罄乃敷權略獎厲威信撿犯率服不敢窺
踰兵戢而時動因省徭以習義興利弭患順其
所樂開通狹道造作傳館吏士咸悅不勞而勸
是以搢紳之徒譚講雅誦釋軍旅之犀革陳俎
豆於泮宮其艾耆軨旌顯才良咨量三壽賞刑
不僭邦埸寧靜歲時豐登耆叟擊壤童齔謳
謨功暮（一作碁）垣列當升寵祚旻不耆德昊命失
靈以光和元年九月乙酉卒官生有嘉休終則鼎
銘於是故吏邊竺江英韓遂等追送遐亡刊石

勒勳其辭曰

於惟明后懷德握醇昆台之耀秀出不群文昭有毅武列能仁含舒憲墨以育生民垂紀東壤西國著勳身沒名流載世常存古之遺老非此孰云于尔臣恩續(一作績)其旻芬

西嶽華山亭碑　　衛覬

惟光和元年歲在戊午名曰咸池季冬已巳弘農太守河南樊府君諱毅字仲德下車之初恭肅神祀西岳至尊詔書奉記躬親自往省從勞謙即事有漸散齊華亭齊堂遍宮郡縣官屬清

一作澶齊無處尊卑錯綜精誠不固畏天之威逢斯癉怒時雨不興甘澍不布念存黔首懼闕曠素於是與令巴郡朐忍先讜公謀圖議繕故斷度搆廊立室異處左右趣之莫不競慕二年正月己卯興就既成有元休嘉啓寤各得竭情一作誠福祿是顧刻茲碑號吏卒俠路其辭曰

巖巖西岳五鎮次宗緒德之尊太華優隆皇帝永思祀典孔明髙神肯宴圭璧贄通赫赫在上以畜萬邦惟岳降神寔生群公卿士百辟續業攸蒙帝命不違歲事報功群后命卿散齊外亭

恭敬明祀以奉皇靈處所逼窄屑窣有聲神樂其靜脩翬无形尊卑有序潔心致誠因繕舊堂整頓端平在其板屋孰不加精天人同道萬祚來一作是迎既受帝祉延于後生爲龍爲光顯又王庭爲公爲侯福祿來成刻石紀號永享利貞

府丞渤海劉固叔長功曹史楊儒曼先主簿湖陽植伯馮供曹掾楊基伯載史陜許禮文化縣丞隴西彭和伯怡左尉隴西甄璆叔曼監典者門下掾駱琇伯先主記史栢覽文進戶曹掾魏胥威長史田磐君文祖將作掾曹鑒孔明任就幼

成史吳武丙昌

西嶽華山堂闕碑銘　張昶

易曰天地定位山澤通氣然山莫尊於嶽澤莫盛於瀆山嶽有五而華處其一瀆有四而河在其數其靈也至矣聖人廢興必有其應故岱山石立中宗繼統太華授璧秦胡絕緒白魚入舟姬武建業寶珪出水子朝喪位布五方則處其西列三條則居其中若廣袤（一作袟）奇蟲山經有紀美是以帝王巡狩親五岳而告至覲方后而考禮故經有望秩之禋典有生殖之祀蓋所以

崇山川而報功也四海一統天子秉其禮諸侯
力政彊國攝其祭奉其邑曰華陰也久矣乃紀
於禹貢而分秦晉之境奉鄜晉之西則曰陰晉
邊秦之東則曰寧秦邑既遷徙禮亦如之三國
力爭以秦以祭其城險固基趾猶存故老之言
未殞於民也逮至大漢受命克亂不愆不忘舊
名是復率禮不越故祀是尊歷葉增脩虔恭又
備一禱三祀終歲而四以迄于今而世宗又經
集靈之宮於其下想喬松之疇是遊是憩郡國
方士自遠而至者充巖塞崖鄉邑巫覡宗祀乎

宗祀一作崇祝其中者盈谷溢谿咸有浮飄之志愉悅
之色必雲霄之路可升而越果繁昌之福可降
而致也故殖財之寶黃玉自出令德之珍卿相
是毓匪惟嵩高降生申甫此亦有焉天有所興
必先廢之故殷宗周宣以衰致盛是時也王業
中缺大化陵遲郡縣既毀財匱禮乏庭廟傾壞
壇場蕪穢祭祀之禮頗有缺焉於是鎮遠將軍
領北地太守閭鄉亭侯叚君諱煨字忠明自武
威占此土憑託河華二靈是與故能以昭烈之
德享上將之尊銜命持重屯斯寧國討叛柔服

威懷是示群兇既除郡縣集寧家給人足戶有樂生之歡朝釋西顧之慮而懷關中之恃雖昔蕭相輔佐之功功冠群后弗以加也遂解甲休士陣而不戰以逸其力脩飾享廟壇場之位荒而復辟禮廢而復興又造祠堂表以參闕建神路之端首觀壯麗乎孔徹然后祈請既有常處雖雨霑衣而禮不廢於是邑之士女咸曰宜之乃建碑刊石垂示後裔其辭曰

於穆堂闕堂闕昭明經之營之不日而成匪奢匪儉惟德是程匪豐匪約惟禮是榮虔恭禋祀

黍稷芬馨神具醉止降福穰穰

後漢鴻臚陳君碑　邯鄲淳

君諱紀字元方太丘君之元子也始祖有虞受禪陶唐亦以命禹其後嬀滿當周武王時祚一作胙土于陳君其世世君生應乾坤之純質受嵩岳之粹精内包九德外兼百行淵深淪於不測膽智應於無方弘裕足以容衆矜嚴足以正世然後研機道奥涉覽文學凡前言往行竹帛所載靡不坐該其善也亹亹焉其誘人也是以令問廣譽塞于天淵儀形嘉誨範乎人倫存乎本傳

故略舉其著於人事者焉顯考以茂行崇冠先儔季弟亦以英才知名當世孝靈之初並遭黨錮俱處于家號曰三君故得奉常供養以循子道親執饋食朝夕竭歡及太丘君疾病終亡喪過乎哀崩傷嘔血如此者數焉服禮既除戚容彌甚聞名心瞿言及隕涕雖大舜之終慕曾參之自盡無以踰也豫州刺史嘉懿至德命勑百城圖畫形像于今遺稱越在民口既處隱約潛躬味道足不踰閾乃覃思著書三十餘萬言不務華事不虛設其所交釋合贊規聖哲而後

建旨明歸焉今所謂陳子者也初平之元禁罔
蠲除四府並辟弓旌交至雖崇其禮命莫敢屈
用大將軍何進表選明儒君爲舉首公車特徵
起家拜五官中郎將到遷侍中旬有八日出相
平原會孝靈晏駕賊臣秉政肆其兇虐剥亂宇
內州郡愊裂戎輿並戒君冒犯鋒矢勤恤民隱
馴之以禮教示之以知耻視事未朞士女向方
會刺史敗於黃巾幽冀二州爭利其土君料敵
知難不忍其民爲己致死乃辭而去之於是老
弱隨慕扳轅持轂輪不得轉遂晨夜間行寓於

邳郯之野袁術恣睢僭號江淮圖覆社稷結婚呂布斯事成重必不測救君諗布不從遂與成婚送女在塗君爲國深憂乃奮策出奇以奪其心卒使絶好追女而還離逖姦謀使不得成國用乂安君之力也惟帝念功命作尚書令會車駕幸許拜大鴻臚實掌九儀四門穆穆遂登補袞闕以熙帝載不幸寢疾年七十有一建安四年六月卒惜乎懷道處否登庸日寡實使大業不究元勳靡建茲海内所爲嗟悼凡百所以失望也天子愍焉使者弔祭群卿以下臨喪會葬

有子曰羣追惟蓼莪罔極之思乃與邦彥碩老
咨所以計功稱伐銘贊之義遂樹斯石用監于
後其辭曰
於穆上德時惟我君固天縱之一作大天鍾厥純
命世作則實紹斯文遭險龍潛抗志浮雲所貴
在已樂存事親雖處畎畝天子屢聞乃階郎將
陪帝作鄰平原寇深遂辭其民思齊古公邠土
是因不忘諗國惠我無垠復命喉舌秉國之均
爰登卿士媚茲一人如何穹蒼不授遐年尠厥
在位每懷不申股肱或虧朝誰與詢煢煢小子

號泣于旻勤銘表德亾而彌新

誄

元后誄　揚雄

新室文母太后崩天下哀痛號哭涕泗思慕功德咸上柩誄之銘曰（一無柩字）惟我有新室文母聖明皇太后姓出黄帝西陵昌意實生高陽純德虞帝孝聞四方登陟帝位禪受伊唐爰初胙土陳田至王營相厥宇度河濟旁沙麓之靈太陰之精天生聖姿豫有祥禎作合于漢配元生成孝順皇姑承家尚莊（一作聖敬）

齊莊内則純被一作備後烈丕光肇初配元天命是
將兆徵顯見新都黃龍漢成既終胤嗣匪生哀
帝承祚惟離典經尚是言異大命俄顛厥年天
隕大終不盈文母覽之千載不傾博選大智新
都宰衡明聖作佐與圖國艱以度厄運御立中
山庶其可濟博采淑女備其姪娣覲一作親禮高
禖祈廟嗣繼靡格匪天靡動匪地穆穆明明昭
事上帝弘漢祖考夙夜匪懈興滅繼絕博立侯
王親睦庶族昭穆序明帝致支屬靡有遺荒咸
被祚慶冀以金火赤仍有央勉進大聖上下兼

該群祥衆瑞正我黄來火德將滅惟后于斯天之所壞人不敢支哀平夭折百姓分離祖宗之慾終其不全天命有託謫在于前屬遭不造煢一作煢極而遷皇天眷命黄虞之孫歷世運移屬在聖新代于漢劉受祚于天漢祖受命赤傳于黄攝帝受禪立為真皇允受一作執厥中以安黎衆漢廟黜廢移定安公皇皇靈祖惟若孔臧降茲珪璧命服有常為新帝毋鴻德不忘欽德伊何奉命是行菲薄服食神祇是崇尊不虐統惟祇惟庸一作惟亘惟墉隆循一作脩人敬先民是從承天祗家允恭

虔恪豐阜庶卉旅力不射恤民于留不皇詭作
別計千邑國之是度還奉于此以處貧薄罷苑
置縣築里作宅以處貧窮哀此嫠獨起常盈倉
五十萬斛爲諸生儲以勸好學志在黎元是勞
是勤春巡灞滻秋臻黃山夏撫鄠社冬卹涇樊
大射饗飲飛羽之門綏宥耆幼不拘婦人刑女
歸家以育貞信玄冥季冬搜狩上蘭寅賓出日
東秩暘谷鳴鳩拂羽戴勝降桑蠶于繭館躬筐
執曲帥導群妾咸循蠶蔟分繭理絲女工是勑
遐邇蒙祉中外禔福自京逮海靡不仰德成類

存生秉天地經無物不理無人不寧尊號文毋與新有成世奉長壽靡隨有傾著德太常注諸旒旌嗚呼哀哉以昭鴻名享國六十殂落而崩四海傷懷擗踊拊心若喪考妣遏密八音嗚呼哀哉萬方不勝德被海表彌流塊精去此昭昭就彼冥冥忽兮不見超兮西征既作下宮不復故庭爰緘伊銘嗚呼哀哉

北海王誄　傅毅

誄曰永平七年北海靜王薨於是境內市不交易塗無征旅農不修畝室無女工感傷慘怛若

褒厥親俯哭后土仰愬皇旻於惟群英列俊靜
思勤銘惟王勛德是昭是明存隆其實光曜其
聲終始之際於斯爲榮乃作誄曰
覽視昔初若論往代有國有家篇籍攸載貴尠
不驕滿罔不濫莫能履道遺聲色以卒惟王建國
作此藩弼撫綏方域承翼京室對揚休嘉光昭
其則温恭朝夕敦循伊德

曹蒼舒誄　　魏文帝

惟建安十有五年五月甲戌童子曹蒼舒卒嗚
呼哀哉乃作誄曰

於惟升　懿矣純良誕豐令質荷天之光既哲
且仁爰柔克剛彼德之容茲義肇行猗歟
終然允臧宜逢介祉以永無疆如何昊天雕斯
俊英嗚呼哀哉惟人之生忽若朝露役役百年
亹亹行暮矧尔夙夭十三而卒何辜于天景命
不遂　兼悲增傷侘傺失氣永思長懷哀爾
罔極貽尔良妃禭爾嘉服越以乙酉宅彼城隅
增丘峩峩寢廟渠渠姻媾雲會充路盈衢悠悠
群司岌岌其車傾都蕩邑爰迄爾居魂而有靈
庶可以娛嗚呼哀哉

古文苑卷第九

世傳孫巨源於佛寺經龕中得唐人所藏古文章一編莫知誰氏録也皆史傳所不載文選所未取而間見於諸集及樂府好事者因以古文苑目之今次爲九卷可類觀然石鼓之詩退之則以爲孔子未見不知所刪者定何詩且何自知其爲宣王也左氏載椒舉之言蒐于岐陽則成王爾秦世諸刻子長不盡

著抑亦有去取耶漢初未有五言而歌與樂章先有七言蘇李之作果出於二子乎以此編數首推之意後代詩人命題以賦者若韋孟尚四言至酈炎乃五言也夫文章遠矣唐虞之盛賡歌始聞魏晉以還制作渝靡學者思欲近古於是其有考焉惟訛舛謬鈌者多不敢是正而補之蓋傳疑也淳熙六年六月

潁川韓元吉記